ロス・クラシコス
Los Clásicos
10

抒情詩集

Poesía Lírica

ソル・フアナ・イネス・デ・ラ・クルス
Sor Juana Inés de la Cruz

中井博康＝訳

抒情詩集

ソル・フアナ・イネス・デ・ラ・クルス

中井博康＝訳

ロス・クラシコス 10
企画・監修＝寺尾隆吉
協力＝セルバンテス文化センター（東京）

本書は、スペイン文化省書籍図書館総局の助成金を得て出版されるものです。

Poesía Lírica
Sor Juana Inés de la Cruz

Traducido por NAKAI Hiroyasu

Instituto Cervantes
GOBIERNO DE ESPAÑA
MINISTERIO DE EDUCACIÓN, CULTURA Y DEPORTE
SECRETARÍA DE ESTADO DE CULTURA

目次

凡例

・訳注は、詩についての注や説明は◆、人名や字句についての注は＊で示し、各詩の末尾にまとめた。注に付した数字は、詩句本文の頭に随時つけられている行数を示す数字に対応している。
・その他、底本や翻訳に際しての留意点については、巻末の訳者あとがきを参照のこと。

一（一）＊

読者への序 ＊

作品の大半が手元にないために出版を拒んでいた
ソル・フアナが、比類なきパトロンやんごとなき
パレデス伯爵より作品を出版するよう命じられ、
急ぎ筆を執り複写した原稿とともに送付

読者の皆さま　その詩集を　＊
皆さまの消閑に供します
出来が悪いのは承知の上です
それがせめてもの救いです

弁解するつもりはありませんし　＊
お勧めするつもりもありません
そのようなことをするのは
宣伝になってしまいますので

ご満足していただけるとも思いません
ご笑覧に供するつもりがなかったのに　＊
皆さまに評価していただこうなど
考えるまでもなく不遜なことですから

この詩集を非難なさりたい方は
どうぞご自由になさってください
結局　みなさんの自由であるのは
私も重々承知しております

人間の理性というものは
何にもまして自由であるべきもの
他ならぬ神さえ犯さぬものを
どうして私などに犯せましょうか

どうぞお好きになじってください
皆さまがこの詩集を
酷評すれば酷評するほど

私は感謝されることになるのです
なぜなら　宮廷での格言によれば
悪口こそ最高の食事と申しますが
私の乏しい才能を料理として
最高の食事が楽しめるのですから
お気に召そうと　召すまいと
私は常にお仕えしましょう
お気に召せば　お楽しみください
お気に召さねば　ご批判ください
皆さんにお許しをこうために
言わせていただければ
筆写するのに忙しく
推敲する時間がなかったのです
手分けして書き写しましたが
手筋の悪い者もおりましたので
意味が殺されてしまって
死んでしまった単語すらあります
また　詩を書くことができたのは
わずかに余った寸暇の間だけ
修道女としての務めから解放される
余暇の時間だけでした　＊
さらに私は健康がすぐれず
しかも邪魔ばかりが入りますので
まさに筆を走らせながら
これを書いている始末です
でも　こんなことを言っても始まりません
虚勢を張っているとお考えになるだけでしょう
余裕をもって作詩したなら
もっとできはよかったはずだといって

53
そのように思わないでください
ただご理解いただきたいのは
ただひたすら指示に従って
これを世に出すのだと

57
信じてくださっても　くださらなくても
私には生死の問題ではありません
結局　思いついたことを
あなたはなさるでしょうから

61
それでは失礼いたします
この詩は布地の見本のようなもの
もし見本がお気に召さなければ
包みを開かなければよいのです

◆作品集第一巻第二版（一六九〇年）初収。

＊ 詩に付せられた番号は、ゴンサレス・ボイショ版独自のもの。ソル・フアナの詩に言及する際には、メキシコで一九五一年から五七年にかけて刊行された全四巻のソル・フアナ全集の作品番号を参照するのが通例となっているため、これを丸括弧内に記しておく。

＊ 作品集の第一巻にあたる『カスタリアの泉』［*Inundación Castálida*］（一六八九年）にには収録されておらず、翌年に題名を変えて出版された第二版『詩集』［*Poemas*］（一六九〇年）に初収。「複写」とは、ソル・フアナの作品集をパレデス伯爵がマドリードで出版するために急いで筆写させたことをさす。

＊1　その詩集：メンデス・プランカルテ版の全集では「その［esos］」を「この［estos］」と修正しており、ゴンサレス・ボイショ版もこれを踏襲しているが、翻訳に際しては、ソル・フアナは初版（一六八九年）を指して「その」と書いたのでありメンデス・プランカルテによる修正は不要であるとするアラトレ版に従った。

＊5　弁解する［disculpar］：メンデス・プランカルテ版およびゴンサレス・ボイショ版では〈disputar［議論する］〉となっているが、これは一六九一年版以降の誤植に基づくものであり、一六九〇年版では〈disculpar〉となっており文意としてもこちらの方が自然だとするアラトレ版を採用した。

＊10　ご笑覧に供するつもりがなかったのに……：「私のもので印刷物になったものはわずかではありますが、そのいずれに関しても、私の名前を冠することのみならず、印刷にまわすための同意すらが、自分自身の判断ではなく、私の支配の及ばない他人の自由にまかされたのであり、まさに「アテネー書簡」が印刷されたのもそうだったのです」（『ソル・フィロテアへの返信』旦、一六四頁）。

＊44　余暇の時間だけでした……：「私が勉強に当てているわずかな時間

というのは共同体の規則で定められた活動を終えて余った時間であるわけで、それは他の同僚にも同じように余っているので、私の邪魔をしにやってくることができてしまうのです」(『ソル・フィロテアへの返答』旦、一〇二頁)。八一（五一）も参照のこと。

二（一九五）

ソネット ＊

やんごとなきパレデス伯ラ・ラグナ侯に宛てて

ソル・フアナの作品は分散あるいは宝のごとく秘匿されていたため、発見に至らなかったものや複写する時間のないものもあったが、侯爵の求めに応じて回収しえた原稿を送付

奴隷の産み落とした子は
法の定めるところによれば
その子を産んだ母がお仕えする
主人のものにございます

耕作がなければ収穫もない以上
畑はその豊かな実りを
その所有者に恭しくお返しし

素直に差し出すのでございます
ですから　やんごとなきリシさま
わが心から生まれたこれらの詩草は
奥さまにお返しすべきものにございます
不出来ではありますが　どうぞお受け取りください
奥さまの奴隷が産んだものはすべて
奥さまのものに他ならないのですから

私のご主人さま　おみ足に口づけいたします
　奥さまのしもべ
　　フアナ・イネス・デ・ラ・クルス

◆作品集第一巻（一六八九年）初収。

＊　ソネット［soneto］：一般に、一行十一音節からなり、四行詩二連と三行詩二連で構成される十四行詩のこと。ソネット。

恋愛詩

三（一六六）

ソネト

行き違いの愛においては愛憎どちらがより煩わしいかという問いに答える ＊

大好きなファビオが好きになってくれないから ＊
私の心は切なくてしかたがない ＊
でも　嫌いなシルビオに好かれるのは
苦痛ではないけど嫌なことには変わりがない
愛しい人の自惚れた言動も　やりきれないけど
疎ましい人のやつれたうめき声が
耳から離れず　絶えず聞こえてきたら
誰でも疲弊せずにはいられない
シルビオの気持ちは私には煩わしい
ファビオには私の気持ちが煩わしい
この人には振り向いて欲しいけど
あの人には振り向こうとしない
好こうとも好かれようとも　私には拷問
愛しても愛されても　私は苦しい

◆作品集第一巻（一六八九年）初収。

＊ 三（一六六）・四（一六八）・五（一六七）は「行き違いの愛」という伝統的な主題を扱う三部作となっている。

＊1 大好きなファビオが好きになってくれないから……：「ファビオ」と「シルビオ」は、それぞれ好悪の感情が擬人化されたもので、ソル・ファナの恋愛詩（特にソネト）に頻出する。

＊2 私の心は［en mi sentido］：メンデス・プランカルテ版の全集およびゴンサレス・ボイショ版では〈en mi sentido［私の中で感じられる（痛み）］〉となっているが、アラトレ版は八（一七一）でも〈en mi sentido［私の心の中］〉という表現が使われていることなどを理由に〈en mi sentido［私の心の中（の痛み）］〉としている。後者の解釈に立って翻訳した。

四（一六八）

ソネト

同じ主題について、感情より理性を重視すべしと
結論づける

私が愛を求める人は私を冷たく突き放す
私に愛を求める人を私は冷たく突き放す
足蹴にされても愛さずにはいられず
愛してくれるのに足蹴にしてしまう

私が恋した人は私には宝石
私に恋した人には私が宝石
私から命を奪う人が私には勝者
私に命を奪われる人には私が勝者

この人に顔を向けても心は満たされない
あの人に膝を屈してはプライドが許さない
どちらにしても私は幸せになれない

でも　あえてどちらかを選ぶとすれば
愛してくれない人の無残な奴隷となるよりも
愛してくれる人の専横な主人となる方がまし

◆作品集第一巻（一六八九年）初収。

五（一六七）

ソネット

同じ主題について、表現をより洗練させて

フェリシアノは愛してくれるけど　私は嫌い
リサルドには嫌われているけど　私は好き
私を冷たく見捨てる人のために涙を流し
私のために涙を流してくれる人を見捨ててしまう

どれほど傷つけられても魂を捧げ
魂を捧げてくれるのに傷つけてやまない
熱心に貢いでくれるのに蔑んでしまい
どれほど蔑まされようとも貢いでしまう

もういい加減にしてと　一方をなじれば
もういい加減にしてくれと　他方になじられる
どちらにしても苦しむしかなく

どちらにしても私はさいなまれるばかり
この人には持っていないものを求められて
あの人には求めるものを持ってもらえずに

◆作品集第一巻（一六八九年）初収。

六（一六八九）

ソネト

恋愛で最も必要なものは理性と打算であることを示す

1 ファビオ　美しい人は誰しも野心家で
誰からも愛されたいと願うもの
自分の祭壇に捧げものをしない者がいる限り
捧げものが足りないと感じるほど

5 美しいだけではなく　求められてこそ
女神たりうると考えて
愛してくれる人がひとりしかいないと
不遇だといって身を嘆くもの

9 でも　この点に関して中庸な私は
信者が多いとかえって気が散るので
私を愛し　愛を育んでくれる人が

12 ひとりいれば　それでもう十分
愛されてこそ心は満たされ
愛情を過不足なく清算してくれるから

◆作品集第一巻（一六八九年）初収。

七（一七〇）

ソネト

下劣な相手を愛した過去は、後悔を明らかにして
清算する

私の過ちとあなたの卑しさを見るにつけ
シルビオ　私は思わずにはいられない
あなたを愛したという罪の重さを
欲望の力というものの激しさを

自分の記憶さえ信じられない
この私の心の中に入りえたなんて
これ以上軽蔑しようのない男性が
これ以上嫌悪しようのない感情が

あなたとの忌まわしい関係は
なかったことにしたいけれど
公正なる理性に諭されたの

立ち直るには公表するしかないと
だって　あなたを愛したという重罪は
告白することが既に厳罰なのだから

◆作品集第一巻（一六八九年）初収。

八（一七一）

ソネト

引き続き苦悩をうたう
下劣な相手を思い出したくないために、忌み嫌うことすら避ける

シルビオ　私はあなたが憎いけれど
憎むことであなたを思い出すのはもっといや
鉄の名誉を傷つける様は　手負いのサソリのよう
踏み込む者に泥を塗る様は　泥土のよう

あなたは毒のように命を奪う
盛られた者は知らぬ間に蝕まれる
でも　邪悪で不実なあなたは
嫌悪の対象にすら値しない

あなたの卑劣な顔を思い浮かべるのは
そうすることで自分の罪を贖うため
私の記憶は想起することさえ拒むけれども
自分のしたことを思うと（ああ恥ずかしい）
あなたが憎いだけでなく　あなたを愛した
この自分さえ　忌ま忌ましい

◆作品集第一巻（一六八九年）初収。

九（一八〇）

ソネト

もはや愛してはいない男性とは知り合いですらなかったことにする

セリオ　あなたは「忘れたの？」って言うけど
知り合いだったと言いたいのなら　それは嘘
だって　どこを探しても私の記憶の中には
忘れたい存在としてすら存在しないのだから
私の頭の中にはいろいろな記憶があるけれど
どこを探しても　あなたの記憶だけはないから
あなたのことを悪く言うこともできないし
記憶がない以上そういう感情すら抱けないの
あなたが愛されるに値する人だったなら
忘れられるにも値したでしょうし
少なくともその存在を認められたでしょう
でも　あなたはそんな栄誉にはほど遠いの
私が思い出せないのは忘れたからではなくて
そもそも記憶自体が存在しないということなの

◆作品集第一巻（一六八九年）初収。

一〇（一八一）

ソネト

同じ脚韻を用いつつ、さらに技巧を凝らして、前掲の主張に反論する

クロリ　きみは「思い出せない」って言うけど
知り合いですらなかったと言いたいなら　それは嘘
だって　ほんのわずかでも　きみの記憶の中には
忘れたい存在として　僕は存在するのだから

アルビロのことが好きになれないのなら
無理して付き合うのは　やめた方がいい
抱いてもない感情を自分に納得させようとしても
傷つくことになるのは　きみ自身なのだから

僕は愛するに値しないって　きみは言うけど
それは結局　気になってしかたがないということ
つまり　きみの理屈は矛盾しているんだよ

なぜなら　僕の存在を否定しようとしても
忘れたい記憶として想起してしまう以上
記憶の存在自体は否定できないのだから

◆作品集第一巻（一六八九年）初収。

一一（一七八）

ソネト

嫉妬深い男性が嫉妬の苦しみを語る
愛憎相半ばする場合にもたらされる結末を、嫉妬を引き起こしている女性に伝える

リサルダ　僕はたしかにきみを愛している
きみのせいで傷ついているのも分かっている
でも　きみへの愛も憎しみも激しすぎて
どちらがより強いのか僕には分からない

きみを愛すると同時に憎んでもいるとなると　＊
どちらの感情も完全ではないということになる
なぜなら　愛が敗北を認めない限り
憎しみも勝利を収めたことにはならないのだから

きみを愛したぼくの魂は変わることなく
きみを愛し続けるだろうと考えているとすれば
それは根拠のない自信に過ぎないと言っておこう

なぜなら　きみへの感情に憎しみが生じた以上
きみへの愛はもはや完璧ではなく半端なものだし
やがて半端どころか皆無になるのだから

◆作品集第一巻（一六八九年）初収。

＊5　きみを愛すると同時に憎んでもいる……：古代ローマの抒情詩人カトゥッルスの八五番の詩（われ憎み、かつ愛す［Odi et amo.］）を踏まえているとされる。

一二（一七四）

ソネト

徒労と知りつつ嫉妬の苦しみを理性によって鎮めようと試みる

アルシノ　これはどういうことかしら？
あなたのように分別ある人が
嫉妬に囚われ　まったく正気を失って
なりふり構わず喚き散らすなんて

セリアが何か悪いことをしたかしら？
どうして　愛は嘘つきだなんて言うのかしら？
美しい彼女が永遠にあなたのものだなんて
愛の神が一度でも約束したかしら？

儚いものを所有するのは同じく儚いこと
だから　アルシノ　そんな無常のものを
永遠かつ不変にしておきたいなんて愚かなこと

間違っているのは自分勝手で無知なあなたの方
だって　運命の女神や愛の神がくださったのは
所有ではなく使用する権利だけなのだから

◆作品集第一巻（一六八九年）初収。

一三（一八四）

ソネト

恋愛の始終本末を示して、嫉妬に苦しむ男性を慰める

恋が芽生えると　落ち着かなくなり
心は囚われ　焦がれて　眠れなくなる
不安や　興奮や　疑問を覚えるようになり
苦しくて　悲しくて　嘆くようになる

倦怠や不満も覚えるようになるけれど
本当の気持ちはベールに包まれたまま
やがて　捨てられたり　裏切られたりして
流す涙で　恋の炎もついには消える

恋の始終本末とは　このようなもの
セリアは充分に愛してくれたのだから
アルシノ　どうして心変わりを嘆くのかしら

苦しむ理由など　どこにもありません
アルシノ　愛の神があなたを騙したのではなく
ただ　終わりの時が訪れただけのこと

◆作品集第二巻（一六九二年）初収。

一四（三）

ロマンセ ＊

嫉妬について巧妙かつ明快に論じる
当代随一の詩人ホセ・モントロの命題に反論して
心を乱すがゆえに愛に至る唯一の道であることを
示す ＊

もし　愛というものが
さまざまな感情を引き起こし
あらゆる感情を生むことで
自らを完璧なものにするならば

そして　中でも自然な感情が
嫉妬であるとするならば
嫉妬を抱くことなくして
愛は完璧たりえません

湿気のあるところに水があり
煙の立つところに火があるように
嫉妬こそ　愛が存在することの
もっとも確かなしるしなのです

嫉妬など愛の卑しい私生児
などと言われておりますが
私生児どころか　むしろ
愛の国の正当な後継なのです

嫉妬は愛を保証し証明します
なぜなら　この愛は本物であると
疑いの余地なく証言できるのは
嫉妬にしかできないからです

例えば　愛想というものは
経理係のようなもので ＊
普段は愛に命じられて

愛嬌を支払っていますが

愛に命じられなくても
別の感情に動かされて
偽りの愛嬌を振りまく
そんなことはいくらでもあります

愛情が逢瀬を楽しむために
その重量を多く見せかけ
値を五割もつり上げる
そんなことはいくらでもあります

理性が賢い振りをしようと
知恵を絞ったに過ぎないものを
愛の力のように見せかける
そんなことはいくらでもあります

献身的な振りをしていても
実は自分の都合であったり
あるいは頑固でしつこいだけ
そんなことはいくらでもあります

つまり　嫉妬だけが唯一
見かけを偽れないのです
正気を失っているがゆえに
嘘がつけなくなっているのです

嫉妬した人が声を上げる時
それは　その人の判断でも
理性による推論の結果でもなく
苦しみに耐えず漏れたのです

嫉妬は理性に欠けるがゆえに
偽ることを知りません
理性的でないことに長所があるなら
この点以外にはありません

嫉妬すると抑制が効かなくなり
激しい怒りを自らにぶつけますが
嘘とは自分を利する行為ですから
自らを害する行為は　嘘ではありません

逆上してすっかり正気を失い
支離滅裂になっている人を見て
大袈裟に演技をしている
そう考える人はいません

これが事実である証拠として
歴史という資料室に保管された
何世紀にもわたる記録の中にも
数多くの例を見ることができます

アエネアスはディドに偽り　＊
テセウスはアリアドネに嘘をつき
パシパエはミノスに不義をはたらき
ウェヌスはマルスを欺きました

セミラミスはニヌスを殺め　＊
ヘレネはメネラオスの名誉を傷つけ
イアソンはメデイアを裏切り
ビレノはオリンピアを捨てました

パテシバはウリヤを裏切り　＊
デリラはサムソンの力を奪い
ユディトはホロフェルネスを
ヤエルはシセラを騙しました

いずれの例も愛することなく
愛したことを示していますが
誰もが愛を偽っているのに
嫉妬は誰も偽ってはいません

なぜなら　表情を作ることで
愛情を偽ることはできますが
嫉妬は嫉妬でしかないため
嫉妬だけが愛の証明となるのです

愛しか嫉妬を産み落とさず
愛しか嫉妬の親になれないのなら
嫉妬こそ愛の実子であり
家督を継ぐべき嫡子なのです

これ以外の愛情表現については
心を尽くしているように見えても
愛に限らず　様々な感情から
引き起こされうるものなのです

嫉妬は愛がなければ生じません
ふたつは原因と結果の関係にあり
嫉妬しているなら　愛している証拠
愛しているなら　いずれ嫉妬するはず

嫉妬とは燃えるような高熱がもたらす
誰の目にも明らかな錯乱状態のこと
そして　意識を失っているからこそ
秘中の秘まで公表してしまうのです

愛している人がいるけれども
嫉妬など微塵も感じないという人は
生ぬるい無難な関係に満足して
惰眠を貪っているだけなのです

というのも　自分は幸せだと信じ
疑わずにいられるなどということは
自分は愛されて当然だと信じる
愚か者でなければできないからです

もちろん　時には逆上した結果

あろうことか　愛している人に
とんでもない無礼をはたらいてしまう
そういうことも確かにあります

113 でも　それは不慮の出来事であって
嫉妬の本質の問題ではありません
嫉妬が引き起こすこともあれば
引き起こさないこともあるからです

117 もっとも　嫉妬すればそうなると
私は思いますし　さらには相手が
心から愛している証拠だとして
無礼を許すことすらあるでしょう

121 いずれにせよ　もう一度言います
感情に認められた神聖な特権を
理性が否定するようなことは
そもそも不必要なことなのです

125 嫉妬とは　危険をおそれる者が
すでにして被害を感じるように
わざわざ抱こうとしなくても
おそれるだけで引き起こされます

129 他の人にも優しくされてはいないか
他の人に横取りされはしないか
他の人にも口説かれてはいないか
そうおそれるだけで十分なのです

133 嫉妬は　自分の愛している人が
皆に求愛されると信じているため
愛する人を侮辱するどころか
誰よりも称賛することになります

137 相手のことを疑ったりはしない
私だけはそういう感情から自由だ

そんなことをいう立派な人でも
必然的に嫉妬に苦しむのです

自分の抱いている愛には
不安がつけ入る隙はない
どれほど口がそう言おうとも
心にはそれが証明できません

素敵な人だと言われたり
いい人を選んだと褒められたり
ここがいいと評価されるのは
本当にお世辞に過ぎないのでしょうか?

お世辞に過ぎないと思う人は
このことを忘れないでください
意中の人を褒められた時には
お世辞かどうか疑うべきです

意中の人を愛でる言葉が
うわべばかりの褒め言葉か
儀礼的な外交辞令に過ぎなければ
お世辞と考えていいでしょう

でも　嫉妬が暴走しないように
頑丈な歯止めがかけられるような
われにかえって冷静になれるような
そんな人はいるのでしょうか?

また　たとえ嫉妬そのものが
常軌を逸することがなくても
嫉妬を恐怖の目で見る人に
誰が説得などできるでしょうか?

たとえ下心がなかったとしても
愛する人が褒めそやされたら
不安が心にみなぎるのを

誰が鎮められるでしょうか？

恋敵のいる人ならば
不眠を訴えるのも当然です
横取りされるかもしれないのに
誰が落ち着いて眠れるでしょうか？

敵陣を眼前にしながら
安らかに眠ることのできる人は
敵の戦利品にされようとしている
そのようにしか見えません

的がどれほど遠くにあろうと
矢を射る者が多かったならば
命中する者はいないなどと
誰が保証できるでしょうか？

張り合おうという人が出てきたら
それほど鼻息が荒くなくても
その息が聞こえてくるだけで
首を絞められる思いがします

それが　私よりもやさしくて
振る舞いも紳士然としていて
気持ちを伝えるのが上手だったら
私はもう生きた心地がしません

私の幸せを狙っているのではないか？
意中の人を横取りするのではないか？
私より先に色よい返事をもらい
意気揚々と引き揚げるのではないか？

あるいは　自分の評価を高めるために
私の評価を下げているのではないか？
自分が栄誉を手に入れるために
私の名誉を代償にしているのではないか？

私よりも強く激しく気持ちを伝えて
私をなきものにするのではないか？
それこそ　私の心は打ちひしがれて
二度と立ち直れなくなるのではないか？

このような不安に　心の奥で
懊悩したことのないような人は
その感情のない冷たさを
氷と競うことすらできるでしょう

意中の人を疑いたくなければ
気にしすぎて盲従するのでもなく
気にせずに疎遠にするのでもなく
適切に愛さなければなりません

心はつい疑ってしまうけれども
そうでないのは頭が分かっていると
相手にきちんと伝えることこそ
賢明な姿勢ではないでしょうか

自分に自信が持てなかったり
他人の長所が気になって
自分には何の長所もないと
いつも気に病んでしまったり

運命の女神がつれない顔をして
おまえなどにはもったいないと
意中の人を取り上げるのではと
悲観して思い悩んでみたり

こうしたことは　愛情という宝石に
傷をつけて価値を減ずるどころか
分別がもたらす最高の釉薬として
その価値を高めてくれるのです

それに　嘆くのが過ぎたとしても
けっして悪いことではありません
むしろ　多少度を過ぎることは
感情が豊かなことを示すものです

嫉妬を抱いた人が　無礼で
衝動的で　頑固になるのも
愛の存在を証明するものであり
愛の優等生である証しなのです

しかも　愛されている人は
嫉妬の見せる異常な言動に
気を害した様子を見せても
心の中では満更でもないのです

怒りもあらわにしている神が
どうしようもなく下劣な嫉妬の
傍若無人の振る舞いをたしなめつつ
それを奉仕として受け取るのです

嫉妬に困り果てている者は
過剰な愛に不平をこぼすけれども
鬱憤を晴らす振りをしながら
実は得意になっているのです

報われなかった者の恨みや
嫉妬を抱いた者の憎しみは
愛される人には戦利品であり
勝利の凱旋車を引く馬なのです

そうした愛の献上品のひとつが
この悩ましい嫉妬に他ならず
女神は辞退するどころか
さらに要求してやみません

モントロさま　その豊かな学識に

当世の誰もが目を見張り
ウェルギリウスたちは恥じ入り
ホメロスたちは面目を失います

あなたは　愛というものから
必要不可欠の感情を除きましたが
それは才能ある　あなただからこそ
実現することのできた芸当なのです

では　何のために才能を駆使して
あのロマンセを書いたかといえば
難しい命題を証明するためであって
納得させるためではありません

それはまるで　外見は黒くても
雲は本質的に白であると
巧妙に言い繕うような人たちと
選ぶところがありません

才気煥発なご自分の才知を
自在に駆使して披瀝しただけ
その比類のない圧倒的な知性で
見事な詭弁を弄しただけなのです

証明不能な命題に挑戦すること
それがあなたの意図でした
なぜなら　証明可能な命題は
誰の目にも明らかですから

弁護するのが難しい立場を
あなたはわざわざ擁護し
見向きもされない意見を
あなたは支持したのです

これが　あなたの目的でした
そして　この前提に立つならば

私のロマンセは反論ではないし
そもそも反論などできません

私はただ　ある方のご意向に　＊
従ったまでのことなのです
私にはほのめかされただけでも
下命されたに等しいのです

正直なところを告白しますと
途方もない方向を目指して
あなたが進んだ未到の道を
私も喜んで辿ったことでしょう

でも　ただでさえ険しかった道は
近づくことすらできなくなりました
というのも　あなたの後に続くのは
何にもまして困難なことですから

あなたが空高く舞い上がり　＊
その翼が切り開いた航路は
たとえ破滅するのを覚悟した
向こう見ずでも避けるでしょう

私が支持するつもりだった立場は
あなたが先に支持してしまいました
私は嫉妬を抱かずにはいられず
嫉妬の側に立って反対したのです

あなたの出現が待ち望まれたのも
これほど困難な問題であれば当然です
天がその重さをゆだねられるのは
怪力のアトラスだけなのですから

さあ　どうぞ担いでください
この世を説得することさえできれば
人類は自らを束縛している鎖を

あなたの神殿に捧げられるのですから

そうなれば　愛を嘆く者はいなくなり
甘美な愛に囚われた者にとって
束縛は金めっきの鉄の鎖ではなく
黄金の鎖となることでしょう

疑念に襲われることもなくなり
将来に危惧を抱くこともなくなり
疑心暗鬼を生ずることもなくなり
恐怖それ自体がなくなるでしょう

すべてが至福の境地に至り
すべてが喜びに満たされ
すべてが幸運に恵まれ　つまり
地上に天上が実現されるでしょう

あなたの奮闘のおかげで
死をまぬがれない人類は
辛く苦しい捕われの身から
甘美な自由の身となるでしょう

皆があなたに感謝するでしょう
私もまた　心から感謝します
あなたの輝く韻文に照らされて
薫陶を受けることができました

どうぞ　あなたのロマンセを
印刷にまわし　公表してください　＊
その名が印刷されて永遠となり
あまねく幸福がもたらされますよう

◆作品集第一巻（一六八九年）初収。

＊　ロマンセ［romance］：一般に、一行八音節からなり、四行を一連とする詩型。

＊ ホセ・モントロ：ホセ・ペレス・デ・モントロ［José Pérez de Montoro］（一六二七－一六九四）は、スペインの詩人・劇作家。ソル・ファナと親交があり、彼女を称賛する詩をいくつか残している。このロマンセは、完璧な愛は嫉妬にとらわれないとするモントロのロマンセに反論したもので、モントロの知人だった副王妃パレデス伯爵の依頼により執筆されたものとされている。

＊22 経理係［el tesorero］：ソル・ファナは長年にわたり修道院の経理を任されていた。原文に見られる「支払い［pagas］」や「支払命令［libramientos］」といった経理用語による比喩は、その反映ともされる。

＊65 アエネアスはディドに偽り……：トロイアの英雄アエネアスは、自分を慕う王女ディドに黙ってカルタゴを後にした。アテナイの英雄テセウスは、結婚を条件にアリアドネの援助を得たが、彼女が眠っている間に置き去りにした。王妃パシパエは牡牛と交わって、人身牛頭のミノタウロスを産んだ。女神アプロディテ（＝ローマ神話のウェヌス）は、醜い夫ヘパイストス（＝同ウルカヌス）を嫌って、アレス（＝同マルス）を愛人とした。

＊69 セミラミスはニヌスを殺め……：アッシリアの伝説上の女王セミラミスは、王ニヌスを毒殺したとされる。スパルタの王妃ヘレネは、トロイアの王子パリスと駆け落ちして、トロイア戦争を招いた。アルゴ船を率いた英雄イアソンは、コルキスの王女メデイアを妻として子ももうけたが、疎ましくなって妻子を捨てた。アリオスト『狂えるオルランド』の登場人物ビレノは、オランダ伯の娘オリンピアを娶るが、弟の妻と不義を犯した。

＊73 パテシバはウリヤを裏切り……：いずれも旧約聖書に登場する人物。パテシバは、最初ヒッタイト人ウリヤの妻だったが、入浴中の姿をイスラエル王ダビデに見そめられて、その妻となった。英雄サムソンは、愛人デリラに裏切られて、怪力の源である髪を切られた。ヤエルは、熟睡する敵将シセラの頭に釘を打ち込んで殺した。旧約聖書外典『ユディト記』に登場するユディトは、敵将ホロフェルネスを泥酔させて斬首した。

＊285 ある方のご意向に……：モントロのロマンセの命題に同意できなかった副王妃パレデス伯爵が、ソル・ファナに反論するよう依頼したことを指す。ただし、続いて示される弁明を信ずるならば、ソル・ファナはむしろモントロと同じ考えをしていた。

＊297 空高く舞い上がり……：ギリシア神話のイカロスとパエトンを踏まえた比喩。

＊334 印刷にまわし……：実際には、モントロの作品は死後随分と経ってから出版された（一七三六年）。

一五（一〇四）

デシマ　＊

自由意志によって選択された愛のみが
理知的な関係に値するとの考えを擁護する

愛といっても　二種類あることを
注意深い人ならご存知でしょう
ひとつは理知の選択からうまれる愛
ひとつは天体の影響に支配される愛
後者は　自然に引き起こされるため
より感情的になる傾向があります
また　より感覚的なものともいえます
これを〈感情的な愛〉と呼びましょう
もうひとつ　選択によるものを
〈理知的な愛〉と呼びましょう

愛といっても　様々な観点から
例えば　何を対象とするかによって
様々な名称が与えられているため
何種類にも分類することができます
ですから　結果に違いはないのに
名称が異なることはよくあります
高尚なものを対象とすれば
それは敬愛と呼ばれ
親族を対象とすれば恩愛
友人ならば友愛というように

しかし　厳密さばかりに拘泥して
細かく分類するのはやめ
どちらの愛がより相愛に値するのか
検討することにしましょう
本質的により高尚なのは
理知に支えられた愛だといえます
もう一方の愛は　絶対的な支配に
服従しているだけだからです

ですから　選択による愛だけが
相愛に値することになります

論証しましょう　ある男性が
ある美女を愛していると言う時
彼は　やがて自由意志に訴えて
愛情を否定するようになります
つまり　愛が報われぬことを嘆き
薄情な運命に裏切られたといって
自分は不幸せだと騒ぎ出します
しかし　もし彼女が応えていたら
彼女への愛情を失ったでしょうし
おそらく　軽蔑すらしたでしょう

もし彼が自分の自由意志よりも
天体の影響を重視しているならば
愛情があるとはいえるでしょうが
意志があるとはいえないでしょう
というのも　自分以外の力に強いられ
その力に盲従しているだけならば
たとえ彼女を愛しているとしても
自分の意思で愛しているのではないので
愛ゆえに死ぬほど苦しんだところで
感謝もされず　尊敬もされません

一方　天体の影響に支配されずに
その人の美質ゆえに心を寄せる人は
たとえ恋の病に苦しんだとしても
然るべき薬を見つけることになります
しかし　天体の影響に支配され
運命に盲従するだけの人は
彼女の美質に惹かれたのではなく
運命に引きずられたに過ぎません
自分の星に強制された愛ですから
不満は自分の星に言うべきなのです

61

両者を比べると　感情も行動も
まったく正反対なのが分かります
こちらには敬意がありますが
あちらには不遜しかありません
こちらは相手のことを考えていますが
あちらは相手のことを考えてはいません
これほど正反対な二人を前にしたら
どれほど非常識な女性であっても
崇敬ではなく欲望を選ぶなどという
支離滅裂なことはしないでしょう

71

理知をもって愛する人は
愛に栄誉を与えるだけでなく
その愛が報いられるという
勝利も与えることになります
一方　激情に駆られた人が
女性に求愛しておきながら
自分が抱いている愛の大きさには
彼女は見合っていないなどと考え
見返りを強要するほど思い上がるのは
自分勝手が過ぎるのではないでしょうか？

81

理知によって愛することだけが
愛されるにふさわしい愛なのです
というのも　愛されることほど
愛を涵養するものはないのですから
これに対して　不遜な人というのは
天体に支配された感情に過ぎないのに
自分の愛が報われることを望みます
それは服役しているに過ぎないのに
徒刑囚がガレー船に感謝を求めるのと
何ら変わらない行為なのです

91

理知による愛は　愛する女性に
愛を無理強いすることはなく
理性を目の敵にするような

激情を抱くことも認めません
また　たとえ自分の気持ちが
彼女に受け入れられなくても
彼女を責めることはありません
ですから　どれほど愛していても
理知によって愛する限り
魂をすべて捧げることもないでしょう

◆作品集第一巻（一六八九年）初収。

＊　デシマ［décima］：一般に、一行八音節からなる十行詩のこと。

一六（四）

ロマンセ

愛してくれる人に報いるべきか、自分の愛を貫くべきか、正直に答える

わが知性よ　あなたが＊
もし本当に世にあまねく
博覧強記をもって喝采を浴び
頭脳明晰をもって敬われているならば
今こそその実力を示して
この煩わしい問題について
私の疑問に解答を与え
私の不安を解消しておくれ
私の問題はあなたの問題
他人の裁判には強いのに

自分の裁判には弱いのでは
本末転倒に他ありません

因果関係を取り違えるのは
火炎が雪を凍てつかせ
雪が火炎を放射するのを
期待するようなものです

相手の気持ちに報いなさい
ファビオの魅力を忘れて *
シルビオの長所を愛しなさい
世間の良識はそう私に命じます

あるいは　激しい恋情が
どうしても抑えられないならば
せめて灰になったと偽って
愛の炎を隠しなさいと

でも　そんなことをしても無駄
隠そうとすればするほど
恋の炎は見えなくなっても
恋の熱はますます上がるのですから

好きではないのに蝋のように溶けよ
好きなのに青銅のように冷たくせよ
こんな矛盾したことを求められたら
どんな顔をすればいいのか分かりません

忘れたいと思っている人に
心は気のある振りなどできません
愛しいと思っている人に
唇はつれないことなど言えません

卑劣な嘘を重ねることに
高潔な心は嫌気をさして
口が気持ちを否定するのに

もはや耐えることができません

心が不穏な状態にある時
甘い言葉が紡がれることはなく
口も愛情を偽って
優しいことなど言えません

やれ冷たい　やれ優しいと
世間で噂されることを
気高く自尊の念が強い私には
受け入れることができません

たとえ私が幸せを手に入れようと
誰にも知られたくはありません
屈辱を耐え忍ぶとしても
私ひとりが納得すれば十分でしょう

道理をわきまえているという人たちは
これが道理なのだと私に言いますが
道理が無理から作られることなど
決してありえません

非情な運命よ　やり直せるなら
ファビオの世評を高めるか
シルビオの魅力を高めるか
どちらでもいいから実現しておくれ

それぞれの幸せと不幸せを
運命が取り替えてしまったせいで
ひとりは不運に見舞われたことを知らず
ひとりは幸運に恵まれたことを知りません

運命がすっかり混乱したために
幸福な者が苦しむことになり
不幸な者が楽しむなどという
こんな矛盾は誰も見たことがありません

雪に覆われた火山モンジベッロも　＊
私を説得することはできません
山が雪を頂くのは自然なこと
本心を偽るのは不自然なこと

極熱と極寒を抱え込んで
両方から苛まれることなど
山には耐えることができても
人には耐えることができません

心を偽るのは卑劣に過ぎます
嘘ではないと信じなければ
うまい嘘などつけないほどに
嘘とは道理に反した所業なのです

私を愛しているというけれども
シルビオは何をしたのでしょうか？

どれほど得意になろうとも
星に支配されているだけなのです　＊

不安に悩まされることもなく
愛することに満足しているけれども
逆境を克服したわけでもなく
私のために何をしたというのでしょう？

私の心を手に入れるために
こんなに努力しているというけれども
私の祭壇にどのような供物を捧げ
どのような香を焚いたというのでしょうか？

努力なら私の方がしています　なぜなら
感情に引きずられて求愛する者よりも
その愛に報いるよう強いられる者の方が
明らかに大きな犠牲を払っているのですから

というのも　あなたは星の運行に
おとなしく従っているだけですが
私は星の運行に逆らい
運命に抗っているのですから

あなたが私を愛するのは自由ですが
その愛が報われるわけではありません
同様に　私がどんな行動を取ろうとも
私の自由ではないでしょうか？

もし　あなたが星に抗えないのなら
その激情を私の激情につぎましょう
あなたを支配する星が
私に支配されることもあるのですから

等しく恋に燃えているのに
我慢のできないあなたが
私に我慢せよというのは
自分勝手なわがままでしょう

愛してくれるから愛してあげる
そんなものを愛と呼ぶわけにはいきません
愛するために愛されたいという人は
そもそも愛してなどいないのです

恋とは天体が引き起こすもので
意志による愛とは異なります
つまり　星の影響に過ぎないのは恋
美に触れて生まれるのが愛なのです

愛してくれるから愛するという人は
より高尚な動機を持っておらず
愛を演じる自分を愛しているだけで
愛してくれる人を見下しています

捧げ物をするのも　その煙を見て

自尊心を満たしたいだけで
たいしたことはしていない自分を
省みることすらありません

129
愛することと愛されることは
どうしても矛盾することになります
というのも　それぞれの働きは
同時には実現されえないからです

133
ア・パルテ・レイから見れば　*
愛には二つの対象が区別されますが
真の愛とは　愛してくれるものではなく
愛すべきものを対象としています

137
真の愛は　どれほど愛そうとも
見返りを求めることはありません
神と崇めた人に暴利を求めるなど
この上なく卑劣きわまりないからです

141
凍るような非情に接しても
燃えるような恋情に接しても
動揺するといったようなことは
真の愛にはありえません

145
その効果を感じることはできても
その本性は謎に包まれているため
人間の知性は　愛の本質を
とらえることができません

149
結局　私に有利となるような
根拠があまりなかったとしても
私の心はファビオのものです
シルビオと皆さまはお許しください

◆作品集第二巻（一六九二年）初収。

＊1 わが知性よ……：ソル・フアナは自身を「無知な女に過ぎない」と言って頻繁に謙遜する一方、随所で自身の博識と才能を認めている。

＊18 ファビオの魅力を忘れて……：「ファビオ」と「シルビオ」は、それぞれ好悪の感情が擬人化されたもので、ソル・フアナの恋愛詩（特にソネト）に頻出する。

＊69 モンジベッロ［Mongibello］：シチリア島のエトナ火山の旧名。雪を頂いた活火山であることから、ここでは「秘めた愛」の象徴として用いられている。

＊84 星に支配されているだけ……：「自由意志による理知的な愛」に対置される「天体に支配された愛」のこと。一五（一〇四）を参照のこと。

＊133 ア・パルテ・レイ［A parte rei］：スコラ哲学の術語で「事物の側から」を意味するラテン語。ここでは、愛するという行為自体ではなく、行為の対象となる事物の側から愛を定義するならば、というほどの意味で使われている。

一七（九九）

激しい恋の横暴に対し、理性が見事に奮闘する様を描く

デシマ

勝ち誇るアモルよ　教えておくれ
おまえは志操堅固な私を打ち砕き
平穏だった心を揺るがしたけれど
傲然と構えて　結局　何を手にいれたというの？
たしかに　おまえの放つ矢には
どれほど牢固な心であっても
射抜けぬものはないでしょう
でも　理性が生き残っているならば
たとえ感情に勝利を収めたところで
その一撃に　どれほどの意味があるというの？
たしかに　おまえの力は強大です

でも　その力が及ぶのは
感情の領域に限られており
意志の領域には及びません
ですから　破廉恥なことを企てようとも
私は逃げ切る自信があります
今のところ　愛の力に降伏し
自由を奪われてはいますが
あくまで降参したのは心であって
頭はまだ了解しておりません

私の心は混乱のあまり
かたや情熱の奴隷となり
かたや理性に率いられて
二つに引き裂かれています
反目はやがて内戦となり
胸中は責め苛まれていますが
どちらも勝とうとするため
運命の賽の目は多様なのに
どう転んでも共倒れになって
どちらも勝者にはなれません

アモルよ　侵入を許されなかった頃は
私のことなど気にも留めなかったでしょう
でも　侵入を許してしまったからには
勇敢に抵抗してみせましょう
おまえが　どれほど粘ろうとも
はね返してみせるから　悔しがるがいい
横暴なおまえは　たとえ侵入できても
魂を制圧することはできません
城内に侵入することはできても
城主を服従させることはできません

荒れ狂う邪悪なおまえと戦うため
無敵の理性が武器を供してくれます
この小さな胸を戦場として
壮絶な死闘が繰り広げられるでしょう

でも　アモルよ　闇雲に暴れて
私に危害を加えようとしても無駄
私はもう息が絶えるけれども
降伏はしていないのですから
結局　私から命を奪うことはできても
私を服従させることはできないのです

◆作品集第二巻（一六九二年）初収。

一八（五）

ロマンセ

つれない振りをしながらまんざらでもなかった女性の心情を、文飾豊かに表現する

つれない素振りをしていても
本当は嬉しくてしかたなかったし
冷たい態度を取っていても
本当はおすましていただけだから
ファビオ　私の悩みを聞いて
どれほどつらいかといえば
苦しんでいる私ですら
信じることができないほど
聞いて　プライドの高い私が
恋に落ちて慎ましくなるなんて

普通ならありえないことなのに
慎ましやかに話しているのだから

聞いて　愛する気持ちから漏れる
やさしくしとやかな言葉を
でも　この気持ちを伝えるには
大げさな言葉でも足りない

もし　私の話を聞いた後でも
心が動かされないようなら
心がないことを明記して
銅のプレートを首からかけて頂戴

あなたを愛するつもりはなかったの
でも「つもり」なんて何の役にも立たない
オデュッセウスのように抵抗できないのに　*
セイレンのように誘惑されたのだから

それに　策を講じたところで
戦いの場が恋愛に移されたなら
さしもの智将オデュッセウスも
キルケの魔法に太刀打ちできない

そもそも　すでに心が降伏し
胸の中が恋に燃えているならば
理性が抵抗を続けることに
どのような意味があるでしょうか？

だから　あなたに降伏した私が
囚われの身を幸せに思い
自由の身を不幸せに思うのは
恋に落ちた者には当然のこと

たとえ　つれない振りをしていても
あなたが好きでたまらなかったから
好きにならないよう頑張ったけれど

恋に落ちるのは避けられなかった
自由なはずの私を縛りつけていた
恋の糸をほどこうとしたけれど
ほどこうとすればするほど
結び目をかたくしてしまった

あなたの魅力に惹かれて恋に落ち
その恋の炎が私を責め苛むのだから
あなたという原因が存在し続ける限り
恋という結果が消滅することはない

それに　知らない人はいないけれど
好きな人を忘れようとするのは逆効果
忘れようとすればするほど
恋しくてしかたがなくなるの

だから　私のファビオ
もし　あなたが私と同じ気持ちなら
ちょっと冷たくされたからといって
私の本当の気持ちを疑わないで

喜びで満たされうる恋を
悲しみで満たさないで
相愛の神アンテロスの祭壇に
片恋の神エロスを祀らないで

お願いだから　私たち二人の魂が
ただひとつの愛に導かれ
でも　ひとつになることに拘らず
互いに愛し合うのを許して

ただひとつの愛の精気が
私たち二人の命を満たし
二人の命を運命の女神が紡ぐ時
ただひとつの糸で紡がれますよう

69 想いを同じくする二人の胸が
ただひとつの大気を呼吸し
ただひとつの運命に支配され
ただひとつの感情に導かれますよう

73 そして　死を迎える時にも
私たちの幸せに満ちた愛が
分かたれることなく
運命の女神の扉を過ぎ

77 変わることなく愛し合う
レアンドロスとヘロや　＊
ピュラモスとティスベですら
私たちの永遠の愛を羨みますよう

◆作品集第二巻（一六九二年）初収。

＊23　オデュッセウスのように抵抗できない……：海の怪物セイレンは美声で船乗りを引き寄せて命を奪ったが、オデュッセウスは船員の耳を蝋で塞いで難を逃れた。

＊78　レアンドロスとヘロや……：いずれもギリシア神話に登場する比翼連理の男女。恋人レアンドロスが溺死したのを知って、ヘロは身を投げ、恋人ティスベが絶命したと思い込んだピュラモスは剣で胸をついて自殺、それを知ったティスベは同じ剣で命を絶った。

一九（八四）

レドンディリャ ＊

愛が及ぼす非理性的な影響を理性的に描く

私の心を責めさいなむ
この恋の苦しみ
たしかに感じているのに
なぜ感じるのか分からない

恋の成就を夢想しては
ひどく苦しみもだえ
期待に胸を膨らませては
失望の淵に沈んでいく

この不幸なありさまを
さめざめと嘆いていると
悲しいのは分かるのに
なぜ悲しいのか分からなくなる

運命の人との出会いを
待ち焦がれているのに
好機が巡ってくると
手を引っ込めてしまう

せっかく機会が訪れても
さんざん待たされた後では
疑ってしまって喜べないし
驚いているうちに終わってしまう

たとえ失態を演じることなく
おつき合いが始まったとしても
ささいなことがきっかけで
ぜんぜん楽しくなくなってしまう

疑心暗鬼になるあまり

幸せなのに不幸せ
時には　好きだからこそ
わざと冷たくしてしまう

普段なら何事にも動じない人が
ひと言いわれて怒り出すみたいに
ささいなことが気になって
胸がざわついてしまう

好きでしかたがないのに
何でもないことで気分を損ね
命だって惜しくないのに
少しも優しくできなくなる

耐えてみたり　当たってみたり
矛盾した感情で胸が苦しくなる
あの人のためなら　何でも耐えられるのに
あの人といると　何も耐えられなくなる

いったいどんな論理を使えば
この問題は解決できるのかしら
あの人のためなら　どんな苦しみも小さいのに
あの人といると　どんなに小さいことも苦しい

恋する私は悲しみに暮れ
思い乱れて錯誤に陥り
たいした理由もないままに
感情を山と積み上げる

その凄まじい感情の塊も
ひとたび崩れてしまえば
ささいなことがきっかけで
妄想を膨らませていただけと知る

時には心の傷にそそのかされて
何を言われ　何をされても

この怒りだけは収まらないと
訳もなく思い上がることもある

でも　落ち着いてみれば
傷ついたと騒いでいたのは
結局　甘えていただけの
子どもだましに過ぎない

恋が冷めたら冷めたで
同じようにさいなまれる
あんなささいなことに悩み
あんなに苦しんでいたのかと

時には　傷つけられたからと
勢い込んでやり返しては
何てことをしでかしたのかと
自分にやり返すこともある

肘鉄砲を食らわそうとしても
心の中は恋に揺れているから
つれなくしているつもりが
媚びを売ってばかりいる

唇までもが平静を失って
しどろもどろのていたらく
おすましするどころか
お追従を並べてばかりいる

夢にまでみた恋に
激しく身を焦がしているから
恋は罪だと非難しながら
恋は無罪だと弁護する

不幸を逃げず　幸福を求めず
恋に迷うばかりの私は
愛されても自信が持てず

袖にされても絶望できない
恋に盲目になった私には
たとえ夢でも嬉しいから
夢に騙されたくはないけど
夢が覚めても欲しくない

愚痴を聞いてくれる人がいるなら
もっとたくさん聞いて欲しい
でも　共感して欲しいのではなく
そうじゃないよと言って欲しい

というのも　私が感情的になって
本心ではないことを言っているのに
そのとおりだなんて言う人は
私の味方をすることにはならないから
もし　私が有利になるような
都合のよい理由が見つかっても
私は白黒つけるのは嫌だから
誰かに権利を譲ってしまうでしょう

理想の喜びなんて私には無縁
苦しみを逃れ安らぎを求めても
愛することが罪ならば
別れることが償いになるから

これほど思い煩っていても
まだ苦しみのほんの一部
でも　これ以上は続けません
それこそ狂気の沙汰になるから

思い乱れた私の言動は
矛盾だらけかもしれないけれど
恋をしたことのある人なら分かるはず
私が何を言っているのか

◆作品集第二巻（一六九二年）初収。

＊　レドンディリャ［redondilla］：一行目と四行目、二行目と三行目がそれぞれ押韻する四行詩。なお、この恋愛詩は、フランシスコ・デ・ケベドのレドンディリャ（Este amor que yo alimento［私が養っているこの愛］）に着想を得たものとされる。

二〇（一六四）

ソネト

涙の修辞で疑念を解く　＊

今日の午後　奥さまに声をおかけした時
こちらを見て欲しいと心がどれほど望んでも
言葉によっては納得してもらえないのだと
奥さまの表情や態度から分かりました

すると　私の意図を汲んだ愛の神が
不可能だと思われたことを実現してくれました
悲しさのあまり溢れる涙に混ぜて
千々に砕けた心を滴らせたのです

奥さま　もう冷たくしないでください
激しい嫉妬に　もう苦しまないでください
よこしまな疑念が生む虚像や幻影に

平穏な心を乱さないでください
だってもう　砕けて涙となった私の心を
その手の中で目にし手にしたのですから

◆作品集第二巻（一六九二年）初収。

＊　修道院の面会室で、副王妃マリア・ルイサが何らかの理由で嫉妬したため、ソル・フアナが泣き出し、マリア・ルイサがハンカチを差し出した時の様子が描かれているとされる。同じテーマはメンデス・プランカルテによる全集の第八三番のエンデチャ［endecha］でも扱われているが、ゴンサレス・ボイショ版には収録されていない。

二一（一六五）

心象として抱いて慎ましく愛する

ソネット

待って　私の大切な冷たい人の影
愛してやまない魅惑の幻像
そのためなら喜んで死ねる　美しい幻影
そのために生きるのが辛い　甘い幻想

あなたの魅力は　まるで磁石のよう
惹きつけられる私は　まるで鋼のよう
でも　翻弄した挙句に見捨てるのなら
どうして言葉巧みに心を奪うの？

でも　私をほしいままに弄んだなんて
得意気に自慢なんてできやしない
あなたに巻きつけた細い縄を

たとえ幻のようにすり抜けて
この腕の間からいなくなっても構わない
だって　もう心象として閉じ込めてあるから

◆作品集第二巻（一六九二年）初収。

二二（一七六）

深く苦しまずに愛する方法を提案する

ソネト

あなたを諦めることも捕まえておくこともできない
諦めるにせよ捕まえておくにせよ
あなたを忘れるべき理由がこれほどあるのに
なぜ諦めきれないのか自分でも分からない

私を離さないのに自分は変わろうとしないなら
私の方が心の持ち方を変えましょう
心の半分があなたへの愛に傾いても
心の半分はあなたへの憎しみに傾くように

別れられないのなら　せめてつり合いを取って
いがみ合ってばかりいるのは死ぬほど辛いし
嫉妬や疑念にかられて話すのは耐えられないから

私だけを愛せないなら　私にすべてを求めないで
あなたが不実を働けば働くほど
私の心は離れていくのだから

◆作品集第二巻（一六九二年）初収。

二三（二一一）

リラ ＊

愛する人に会えない時の感情を描く

愛しいあなた
やつれた私の愚痴を少し聞いて
風に乗せて送るから
あなたの耳にはやく届いて欲しい
ただ　悲しい響きが私の希望のように
風の中に消えてしまわなければいいけど

その目で聞いて
だって耳には届かないのだから
あなたのいない苦しさを
震える筆に響かせるから
このしわがれた声が届かないなら
せめて目で聞いて　黙ってうめくから

自然が好きなあなたは
緑豊かな野原をどうぞ楽しんできて
このやつれた涙に
煩わされることなんてない
でも　きっと野原にも見つけるはず
私の幸せと不幸せの痕跡を

せせらぐ小川は
野の花の色男
優しく言い寄っては
目にした花たちの心を奪う
でも　せせらぎの源は　私の涙
あなたに伝えているのは　この苦しみ

緑の枝には
望みを絶たれて嘆き悲しむ
キジバトの姿
いずれも伝えているのは私の苦しみ
かたや緑に　かたや鳴き声に
希望と苦痛を反映させて

可憐な花も
時代を重ねても頑として崩れない
堅固な岩も
いずれも再現しているのは私の姿
儚い幸せは花のよう
堅い心は岩のよう

手負いの鹿は
ひた走って山を下り
傷を和らげようと
凍てつく小川に身を投じ
氷の中に安らぎを求めるけれど
その悲痛な姿は私そのもの

野うさぎが
猟犬に震え上がって逃げ出し
軽やかな足跡を残さずに
生き延びようとするのと同じく
私の希望も疑念や不安にさいなまれ
卑しい嫉妬に責め立てられる

澄みきった空は
私の純朴な魂そのもの
もしも　明るい日が
光を惜んで暗闇に身を隠せば
その暗く冷たい風景は
あなたのいない私の人生そのもの

愛しいファビオ
あなたは苦労をすることもなく
野原をそぞろ歩くだけで
私の苦しみを知ることができる
私はあなたから楽しみを奪うことなく
あらゆる苦しみを伝えることができる

でも　いつになれば
あなたという光を浴びられるのかしら
いつになれば　この苦しみに
甘い幕を下ろしてくれるのかしら
いつになれば　愛しいあなたを目にし
この目から涙がこぼれなくなるのかしら

いつになれば
そのよく通る声がこの耳を愛撫し
あなたを慕う魂が
溺れるほどの歓喜に満たされ
笑みとなって目から溢れて
あなたをお迎えできるのかしら

いつになれば

その美しい光に私の五感は祝福されるのかしら
いつになれば　私は幸せに包まれて
苦しんだからこそ喜びも大きいと
流した涙も大したことはなかったと
嘆息したかいがあったと思えるのかしら

79

いつになれば
あなたの優しい笑顔を見られるのかしら
そして　五感ではとらえきれないものに
形を与えることができない以上
人智の筆舌には尽くしがたい
あの幸福を手にすることができるのかしら

85

戻って来て　私の大切な人
あなたがいないのは耐えられない
疲れ果てて今にも死にそう
帰って来て　あなたが来てくれるまで
どれほどつらくても色あせないよう
希望を涙で養うつもりだから

◆作品集第二巻（一六九二年）初収。

＊リラ［lira］：一般に、第二行と第五行が十一音節、他の行が七音節からなる五行詩または六行詩。なお、二三（二一一）・二四（二一二）・二七（二一三）の三篇のリラは、それぞれ出版時期は異なるものの、いずれも「ファビオ」に宛てられ、それぞれ嫉妬・不在・死別を主題とした三部作となっている。

二四（二一二）

情理を尽くして嫉妬を解く

リラ

ファビオ　私はあなたに
死刑を宣告されたけれど
控訴もせず逃走もせずに
一方的な判決を受け入れるから
せめて話を聞いて　重犯罪人にすら
告白は認められているのだから

あなたによれば　この無体な判決は
私の心があなたを傷つけたという
訴えがあったからとのことだけれど
固く閉ざされたあなたの心には
事実に基づく無数の経験よりも
無実で不実な噂の方が重いというの？

他人の証言は採用しておきながら　ファビオ
どうして自分の目の証言は採用しようとせず
（そして法の運用を曲げてまで）
私を絞首台に送ろうとするの？
私に不利な証言は惜しみなく採用するのに
有利な証言には耳を貸そうともしない

他の男性と私の目があったというのなら
冷たい目で構わないから私に向けて殺して欲しい
他の男性に私が優しくされたというのなら
容赦ない怒りで構わないから私にぶつけて欲しい
もし他の男性に私が心変わりしたというのなら
私の命だったあなたに　この命を奪って欲しい

他の男性に笑顔を見せたというのなら
二度と見せないから　あなたも見せないで欲しい
他の男性と楽しそうに話したというのなら

未来永劫　楽しめなくなって欲しい
他の男性の情に私がほだされたというのなら
私の魂だったあなたに　この魂を奪って欲しい

31
でも　不幸な運命に抗うこともできずに
死を迎えるより他ないなら
後生だから　せめてもの慰めとして
死に方だけは私に選ばせて
私の命はあなたの自由に委ねたのだから
死に方は私の自由にさせて

37
私が命を失うのは　あなたの愛を失ったから
だから　ファビオ　私は刑死したくはないの
それに　愛ゆえに命を失ったとなれば
あなたは評判を得　私も面目が保たれる
というのも　刑死ではなく愛ゆえの死ならば
たとえ死であっても名誉ある死になるから

43
最後に　私が犯した非礼の数々を
どうかゆるして
愛していたからこその言動だけれど
意に添わなければ意味はない
私の言動にあなたが気を悪くするのも当然
だって　私の愛があなたには煩わしいのだから

◆作品集第二巻（一六九二年）初収。

二五（六）

ロマンセ

別れの近いことを知り泣き沈む

愛しい私の大切なあなた
きちんとお別れしたいけど
泣いてしまって話せそうにないし
話をする時間もありそうにないから

悲しみに震える手で筆を執り
涙にむせびながら
絶望で黒々とした文字に
心の内をしたためます

でも　文字にしたところで
滲んで読めないかもしれない
燃える想いを言葉にしても
溢れる涙が流してしまうから

この目が私の邪魔をする
あなたに話しかけようとしても
口に出そうとするそばから
涙となって伝えてしまうから

ため息を言葉に変え
涙を比喩に変えて
苦しむ心が絞り出す
声なき悲鳴を聞いて

見て　この胸という海で
激しい嵐が吹き荒れているのを
思いが千々に乱れ
右往左往して難破しているのを

見て　私にとって生きることは

卑しい欲でしかないことを
まだしつこく生きているなんて
恥ずかしくていたたまれない

見て　私が望んでいるからこそ
死もそそくさと逃げ去るのを
需要があれば死ですら
値をつり上げようとするのを

見て　この体が恋を患い
激しい苦しみにやつれ果て
もはや生ける屍となって
悲しむためだけに息しているのを

見て　死を恐れぬはずの魂が
心痛のあまり　その不滅性を
侵されるのではないかと
おののき怯えているのを

溢れる涙は私の心
漏れる溜息は私の魂
心は涙となって流れ出し
魂は風となって消えていく

もはや　この命は
私が生きるためではなく
私が苦しむためだけに
使われているに過ぎません

でも　この苦しみを伝えるのに
言うべきことも言わずに
見れば分かることばかり説明して
駄弁を弄しているのでしょう？

あなたがいなくなってしまうなんて！
でも　いなくなるとも思えない

だって　事実なら私は死んでるはず
死んでないなら事実ではないはず

あなたという太陽がいなくなったのに
太陽神が相変わらず光を振りまくなんて
これほど不幸で不吉な日が
いったい存在しうるのでしょうか？

あなたの眼差しが　この悲しみに
安らぎを与えてくれないほど
辛く冷たくなるなんてことが
どうしてありうるのでしょうか？

あなたの顔が見られないなんて
あなたの声が聞けないなんて
あなたの腕に抱かれないなんて
あなたの息に力をもらえないなんて

ああ　大切なあなた　私のあなた！
やさしいあなたは私のすべて
それなのに　なぜ悲しみだけを残して
私から魂を持って行ってしまうの？

ひとつの命に　これほどの死が
ひとつの死体に　これほどの痛みが
ひとりの人間に　これほどの矛盾が
収まることなどないはずなのに

それなのに　ああ悲しい！
希望とともに生きることも
苦悩とともに死ぬことも
不幸な私には叶わないのなら

せめて　この苦しみに
わずかでも安らぎを与え
胸が裂けて死にゆく私を

優しく抱いて生かしてください

どうか忘れないで　私の気持ちを
どんな女だったか思い出せなくても
あなたに贈ったものを見て
もらった時の気持ちを思い出して

どうか忘れないで　愛する私が
苦しんでばかりいたのは
苦難に克つ喜びを
心の糧としていたからなのだと

私の愛が足りなかったというなら
私への愛も　どうか思い出して
少しでも気にかけくれたのなら
十分に気があったということだから

どうか忘れないで　大切なあなた
私に誓った　あの美しい言葉を
そして　その口が約束したことを
反故にするようなことはしないで

どうか許して　私の大切なあなた
傷つくのが怖くて傷つけていたのなら
でも　たとえ傷ついたとしても
気遣ってくれる人がいれば耐えられる

さようなら　もう苦しくて
息をすることもできないし
何を言っているのか分からないし
何を書いているのか読めないから

◆作品集第二巻（一六九二年）初収。

二六（七〇）

六音節のロマンシリョ ＊

別れた恋人との悲しい思い出をうたうエンデチャ ＊

あふれる思い出よ
せめて一瞬でいいから
この苦しみを
緩めておくれ

おまえが締めつけてくる
その縄を緩めておくれ
これ以上締めつけられたら
胸が張り裂けてしまうから

私から命を取り上げたら
おまえが弄んでいる
哀れな獲物も
取り上げられることになるから

手を緩めるといっても
苦しみたくないからじゃないの
同じ苦しむにしても
苦しみ方を変えて欲しいの

たいしたたまだと勘違いしないで
私なんて褒められたものじゃない
命を惜しむ理由はただひとつ
ただ生きていたいだけなの

私から決して離れないおまえなら
言われずとも　よく分かっているはず
死にたくない理由はただひとつ
悲しめなくなるのが嫌なの

私が死んで　この世から消えてしまったら

永遠であるべきあの人の記憶も
私と一緒にこの世から
消えてしまうのは避けられないから

だから　寛大な処置などと言って
おまえにお願いしているのは
私が生きながらえるためではなくて
あの人の記憶を消さないためなの

別れても愛しくてしかたない
あの人の麗しい姿が
ありありと目に浮かぶのに
まだ苦しみ足りないというの？

優しく愛撫してくれたことや
甘い言葉をささやいてくれたこと
彼の気遣いが　忘れられないのに
まだ苦しみ足りないというの？

しかも　おまえは倦むことなく
過去の幸せを思い出させ
現在の悲しみを増やすのだから
もうこれ以上　苦しみようがない

（ああ悲しい！　愛しいあなた
あなたを思い出すと胸が苦しい
せめて胸がしめつけられることなく
あなたを思い出すことができたなら！）

それなのに　卑劣なおまえは
私にはまだ苦しみが足りないと
まだ苦しむ余裕が充分にあると
そう言い張るつもりなの？

彼の言葉を聞き比べたり
彼の仕草を見比べたり

おまえは　悪知恵を絞って
私をどこまでも責め苛む

おまえは　彼の言動に
脚色をほどこして伝えるから
たとえ彼が「平和」と言っても
私には「戦争」とさえ聞こえる

あの人の美しい目に
優しく見つめられる
そんな栄誉にふさわしい人が
私以外にいたら　どうしよう

私にはないものを持っていて
私よりもずっと彼に優しい
そんな素敵な女性が
彼の前に現れたら　どうしよう

そして　彼女の気持ちに
彼も心を動かされ
私のことなどすっかり忘れて
彼女を受け入れたら　どうしよう

あの人も心変わりをするのではないか
去る者は日々に疎しなどと
余計なことを言い出して
どうして不安を煽るのでしょう?

私はよく分かっています
人の心は変わりやすいもの
必ず変わるということだけが
絶対に変わらない性質なのです

私はよく分かっています
刻一刻と変わっていくのは
人の心の本質的な性質で

その慢性的な病気なのです

でも　次のこともよく分かってます
例外のない規則はなく
人の心についても例外はあり
人の心が変わらなかったこともあると

とすれば　あの人についても
どちらの可能性もあるはずなのに
心が変わらないはずはないと
どうしておまえは言い張るのでしょう？

でも　おまえの結論を
私は聞いてしまいました
この世でより確実なものは
幸せではなく不幸せの方だと

このような不安を抱えて
何と戦っているかすら分からぬ私を
生かそうか　殺そうかと
おまえはまだ弄んでいるのです

私が生きながらえるのを認めるか
さもなくば絶命するのを認めるか
もう　いっそのこと勝負をして
白黒はっきりさせましょう

◆作品集第二巻（一六九二年）初収。

＊　ロマンシリョ［romancillo］：一行八音節のロマンセに対し、一行が七音節以下の四行詩のこと。

＊　エンデチャ［endecha］：一行六音節または七音節で四行を一連詩とする、哀歌や弔歌のこと。

二七（二一三）

リラ

亡き恋人を愛し続ける女性の悲しみを
細やかに愛情を込めてうたう

私の苦しみの証人は
ごつごつとしたこの岩
他言しないから
安心してわが身の辛さを話せる
もっとも　この苦しみの激しさに
言葉を失ったのかもしれないけれど

悲しみに息絶えそうだから
わが身の不幸を語りたい
でも　苦しみが大きすぎて
吐き出して楽になろうとしても
喉が締まり胸が張り裂けて
語るそばから打ちひしがれる

他人の幸福を妬んではいない
この胸を蝕む不幸には際限がなく
どれほど嘆こうとも
幸福を羨むほどの余裕がない
あまりにも悲惨な境遇だから
むしろ他人の不幸が羨ましい

悦楽なんてものは知らない
考えたこともないから
過ぎた日の幸福な
甘い記憶に浸ろうとしても
不幸な現実に呼び戻されて
夢か現か　苦しくなるだけ

幸せな人たちは
その境遇を享受すればいい

その世界はあまりにも遠くて
私には想像できないから
私はただ死を免れぬ人間の苦しみと
自分の苦しみを比べるしかない

どれほど幸せなことでしょう
つれない仕打ちを悲しめたなら
すげない態度を嘆けたなら
たとえ無理でも挑戦できたなら
別れや心変わりで
希望が持てなくなったなら

自分の愛する人が
他の女性を抱くのを目にして嫉妬し
悔しさに引き裂かれた心を
煮えたぎる胸中から取り出せたなら！
でも　堪え難い地獄のような嫉妬ですら
私の苦しみの足もとにも及ばない

なぜなら　こういった不幸には
どれも相応の慰みや希望があり
たいていのものについては
やり直すことすらできるのに
希望も回復も慰めも嘆きも
私の不幸からは逃げていってしまう

私の大切なあの人を
私から奪ったのは他ならぬ天
だから　私は天に向かって
悲しみをぶつけ呪うしかない
でも　天は耳を傾けもせず
冒涜に対して不満の種を返すのみ

ファビオは嫌な人でも
冷たい人でも裏切り者でもなかった
それどころか　私を心から愛してくれて

誰よりも貞操が固くて心変わりせず
誰よりも洗練された物腰で
私の気持ちに誠実にこたえてくれた

それなのに　天は私を妬んで
私からあの人を奪っていった
冷酷な死神は厳めしい顔をして
独りでこれほどの不幸をもたらした
非情なるは天！　悲しきはわが運！
あの人の死は万人の死にも勝る！

私の愛しいあなた
どうしてあなたと出会ったの？
あなたを愛し　あなたに愛され
幸せなはずが　なぜ不幸になるの？
愛想ばかりの不実な運命よ
おまえの魂胆を誰が見破れただろうか！

これほどの苦しみに
しぶとく耐える私の命とは何なの？
なぜ生きていられるの？
愛の炎に燃え尽きることもなく
苦い涙の泉の中に
消え入ることもないままに

◆作品集第一巻（一六八九年）初収。

二八（九〇）

レドンディリャ

副王妃への親愛の情が必然ではなく寵愛に対する謝意であると誤解されるのを心配して　＊

奥さま　その美しさを
こうして目の前にしますと
粗野で頑迷な者でさえ
虜になるのもうなずけます

そして　奥さまの清らかな光に
つまり　その美しさのゆえに
私は思わずひれ伏しているのに
なぜ良い心がけだとおっしゃるのでしょう？

奥さまにお仕えする喜びを
これほど詩に表しているのに
なぜ　親愛の情と謝意とを
混同なさろうとするのでしょう？

奥さまのご寵愛は私には
別の種類の不幸をもたらします
お仕えする至福と引き換えに
苦しむという功徳を奪うからです

あるいは　これほどのご寵愛は
たとえ賜りうるとしても
それに応えることはできない
そういうことでしょうか？

たしかに　美しいものも
それが手に届くものとなり
自分に見合ったものとなれば
喜びも失われてしまうことでしょう

また　雅な愛情が
然るべく受け入れられるのは
奉仕に対する褒美であって
愛されたからではありません

さらに　私が理解するところでは
自分に見合うことなどかなわず
手の届くはずもないものだけが
至福と呼びうるものです

そもそも　奥さまのご寵愛は
あらゆる愛を超越しておりますから
ご寵愛いただいても　報いることも
感謝することもできません

奥さまの拝顔の栄に浴した
あの僥倖な日以来
私はすっかり心を奪われて
自分の意思では動けません

このような次第ですから　奥さま
愛ゆえに正直に申し上げれば
すべては奥さまのものですから
誰も奥さまに報いることなどできません

出すぎたことは承知しております
でも　愛の神が証言してくれるはず
支離滅裂なことを言ってしまうのは
奥さまを愛しているからこそだと

末筆ながら　失礼な物言いを
どうかおゆるしください
奥さまのことを思うあまり
われを忘れてしまいました

この魂を奥さまに捧げます

これ以外にも魂があるならば
あるだけ差し上げるつもりです
どうかお受け取りくださいませ

◆作品集第一巻（一六八九年）初収。

＊副王妃ラ・ラグナ侯爵に宛てられた書簡詩。同様の主題は、三四（一七）のロマンセにも見られる。

二九（一〇二）

デシマ

肖像画に話しかけ、言葉を尽くして二重の主人への崇敬の気持ちを謳いあげる　＊

見事な肖像画よ　あなたを見ていると
絵筆の得意げな姿が目に浮かびます
なぜなら　人智の及ばぬ業を
存分に駆使することで
私には越えられなかった一線を
越えることができたのですから
想像を絶するその美しさは
誰にも近づくことを許さず
不可能の領域にあるため
私には思い描くことすらできません
ここまで見事に生き写しにするとは

どれほど卓越した絵筆でしょうか？
どのような霊感が心を動かし
どのような力が手を制御したのでしょうか？
でも　あなたが完璧に描かれていても
技術とは空虚なもの　称賛すべきではありません
というのも　あなたの美しさという
奇跡を描写することにおいて
人は動かされているに過ぎず
動かしているのは神なのですから

あなたに生気すら感じて感嘆し
その威光に打たれて
見えないはずの魂が見え
見えている肉体が疑わしくなります
あなたの美しさに魅せられて
私の思考はすっかり停止し
感覚は麻痺しています
絵筆はあなたの中に
魂と威厳をも写したのです

あなたの美しさに触れることで
完璧な美の何たるかを知った私には
並びうるものが存在するなどとは
考えることができません
ですから　もしオリジナルが失われたら
その並ぶものなき完璧な美は
あなたからコピーすることにしましょう
あなたに心を奪われた私が
第二のピグマリオンとなって　*
命が吹き込まれるよう懇願しましょう

もしや生きているのではないかと
あなたに触れてみるけれど
私から意識を奪うあなたに
意識がないなんてことがあるでしょうか？
あなたに触れているこの手を

まったく感じていないのに
それでも　私が身も心も
奪われてしまうなんてことが？
その目が何も見てないなんてことが？
その口が何も言わないなんてことが？

私が忘我の状態にある時
あなたは私から魂を奪っているのに
いつまでも息をしないなんて
魂を返して欲しくなる
私はすべてを捧げているのに
袖にされて　どれほど傷ついても
あなたは慰めてなどくれないから
私は悲嘆にくれて
悶え苦しむばかり

私の気持ちにやさしく応えてくれる
そう感じる時もあれば
冷たく拒絶されているのではと
不安におののく時もある
うれしくて胸が熱くなる時もあれば
つれなくされて死ぬほど悲しむ時もある
でも　何があったとしても
結局　あなたは私のもの
なぜなら　想像の中で
私はあなたを好きにできるのだから

あなたはモデル本人の冷たさを
忠実に再現してはいるけれども
本人からは得られなかったものを
絵筆は私にもたらしてくれました
青銅に描かれた肖像画を見て
私は満たされ幸せをかみしめています
あなたがどれほど冷然としていても
感情を備えてはいないと言おうとも
あなたは結局　私のものなのだから

◆作品集第一巻（一六八九年）初収。

＊　パレデス伯ラ・ラグナ侯マリア・ルイサの肖像画とされる。

＊39　ピグマリオン：ギリシア神話に出てくる彫刻家。象牙に彫った女性像に恋をした彼は、アプロディテに懇願して像に命を吹き込んでもらい、妻として迎えた。

三〇（一九）

ロマンセ

高尚な愛は、離れていても節度を保っていても
卑俗な愛に劣らず強く激しいことを示す

奥さまを描こうとした無謀な絵筆に
フィリスさま　私の羽ペンも奮起しました　＊
失敗をおそれぬ挑戦は見る者に　＊
恐怖よりも勇気を与えるのです

奥さまのために新境地を開きたいという
野心が私の中に芽生えたのです
挑戦すること自体に価値がある時
成功するか否かは問題ではありません

ですから　どうか私の羽ペンに
第二の暴挙をおゆるしください

このようなことは初めてではなく
立派な前例があるのですから

奥さまという壮麗な建造物に挑む
無謀な試みをおゆるしください
高嶺にある奥さまを見上げる私には
もはやおそれるものなどありません　*

奥さまという天を描くことを
絵筆にはおゆるしになりました
そこでは　たとえ線が歪んでも
絶妙な筆づかいに見えるのです

人はどこまで無謀なのでしょうか
太陽を直視することすらできないのに
あろうことか太陽に他ならない奥さまを
カンバスに写そうというのですから

父たる太陽神がどれほど忠告しても　*
子が無謀な挑戦を諦めないのならば
燃え盛る警告を与えたとしても
どれほどの意味があるでしょうか？

どれほど涙を流して懇願しようとも
麗しくも目には冷酷な太陽が
直視することを許さないならば
どのような意味があるのでしょうか？

燦然と輝く姿を写そうと
手が必死になることに？
光の粒子を数え上げようと
頭が無謀を犯すことに？

奥さまが太陽に比せられることを
他ならぬ太陽が誇りに思うならば
奥さまを描写するのは不敬の極み

いったいどう表現したものでしょう?

ああ　麗しいフィリスさま
この上なく美しい奥さまは
天上の誇りとして造られ
地上に贈物として降されました

奥さまをお祀りする祭壇では
シバのお香が焚かれることも
人の血が流されることも
獣の首が落とされることもありません

なぜなら　たとえ心の中であれ
欲望が血気にはやるものならば
それは穢れた捧げものであり
強いられた物質に過ぎないからです

ただ魂の中で燃えている
神聖な愛の炎の中においてのみ
穢れのない捧げものは
激しくも静かに燃えるのです

これこそ奥さまを崇めることであり
その神殿を清めるものです
要望するのは罪に等しく
嘆願するのは無謀なのです

希望に胸をとどろかせたり
自分の功績を並べ立てたり
わがものにしたいと懇願したり
疑念や嫉妬を抱いたりするのは

獲得されることを目的とし
獲得されることを勝利とする
世俗的な美にのみかかわる
下劣で低俗な戦利品に過ぎません

神とは　報いられるから施す
そのような存在ではありません
奉仕に報いるような者には
服従する必要はないからです

奥さまを慕い崇めることは
これとはまったく異なります
処罰にすら値しないのですから
褒賞を求めることもありません

愛しいフィリスさま　私は
神々しい奥さまを崇め
すげない奥さまを仰ぎ
つれない奥さまを敬っています

光に少しでも近づこうと
右へ左へと飛び回り
炎の餌食となる蛾のように
愛に身をやつしております

ナイフの底光りに欺かれ
無防備にも素手で触って
柔らかい手を傷つけても
過ちに気がつかぬまま

傷が痛むからではなく
その傷を作った犯人を
取り上げられて泣き出す
無邪気な子どものように

太陽神アポロンに恋をして
黄金に燃え盛る太陽神に
身を焦がしていることを伝えようと
追跡するクリュティエのように　＊

大気が空洞に吸い寄せられ
火炎が可燃物に燃え移り
巨岩が重力に逆らわず
原因が結果を目指すように

あるいは　存続するために
愛の力によって集められ
かたく密接に結束される
あらゆる被造物のように

比喩を重ねる必要はありません
私が奥さまをお慕いするのは
奥さまがフィリスさまだから
これ以上の言葉はありません

女性であっても　お側にいなくても
奥さまを愛さずにはいられません
奥さまもよくご存じのように
魂には距離も性別も関係ありません

ありきたりの美というものは
ありきたりの支配に甘んじ
自然の摂理に対しても
限定的な特権しか持ちません

これに対して　奥さまの美しさは
絶対的な特権を享受しており
すべてを免除された君主のように
奇跡の美としてお生れになりました

何にもまして力の強い　その手で
避けることのできない　その力で
美の支配者として権杖を握り締め
見る者の魂を支配しておられます

わが魂を　お受け取りください

奥さまの勢力を拡大するために
分身を増やさんとするほどまでに
降伏し熱心にお仕えしております

魂は既に奥さまのものである以上
愛の証として献上できませんが
それでも　あえて私の魂とお呼びします
もう一度　奥さまに献上するために

奥さまに貢物を献上しないのは
愛するがゆえとの考えによります
奥さまが徴収すれば　領土ではなく
勝利を倍することになるからです

クロイソスほどの富であっても　＊
奥さまのような神聖な方には
物質的な財貨など失礼ですから
いったい何を献上できるでしょうか

あるとすれば奥さまを知らないがゆえに
その魅力の虜とならずに過ごしている
いまだ自由を謳歌している魂でしょう
いまだ服従せずにいられる心でしょう

その眼差しによって奥さまが
宇宙を灰燼に帰してはいけないと
恵み深い愛の神は
賢明にも配慮なさいました

しかし　奥さまの神々しい魅力を
健全で有益な劇毒を
哀れにも知らずにいる者たちはすべて
自由だったとしても不幸です

奥さまという奇跡の存在は
世の秩序を根本から転換し

痛みを愛すべきものに
苦しみを誇るべきものにしました

ディオゲネスという哲学者は ＊
デロスの主たる太陽を拝むためなら
生きることがどれほど辛くても
すべて良しとしたといいますが

奥さまという神秘を拝むためなら
生きることがどれほど苦しくても
すべて良しとするにとどまらず
死と引き換えにすらいたします

私を信じてくださらなくても
ご自身の価値は信じてください
原因を仔細に閲してくだされば
必ずや結果にも得心なさるはずです

どこまでも神々しい奥さまを
私は愛さずにはいられません
原因があるから結果があり
能力があるから効果があるのです

美しさの極みである奥さまは
巡り続ける常緑の「時」が
これまで閲してきた中でも
偉大で傑出した存在なのです

奥さまの魅力のひとつひとつに
私が囚われているのですから
愛する私が奥さまを探す必要も
愛を訴える必要もありません

奥さまを愛するようになるだけでなく
お仕えせずにいられなくなるのは
その目でご自身をご覧になれば

その魅力のゆえだとお分かりのはず
私は奥さまをお慕いするあまり
恍惚となって眺めております
奥さまのためなら死も厭わないと
証するために生きております

◆作品集第一巻（一六八九年）に初収。

＊2　フィリスさま：副王妃ラ・ラグナ侯マリア・ルイサのこと。副王妃に捧げた詩において、ソル・フアナは親愛の情を込めて「フィリス［Filis］」や「リシ［Lisi］」と呼んでいる。なお、このロマンセの主題となっている副王妃の肖像画は、ソル・フアナが描いたとされている。

＊3　失敗をおそれぬ挑戦……：ギリシア神話のイカロスの逸話を踏まえた比喩。ソル・フアナにおいて重要なイメージのひとつ。なお、「恐怖よりも勇気を与える」の部分は、ゴンサレス・ボイショ版では〈más causa corrió que miedo〉となっているが、『第一の夢』におけるパエトンの描写（第七八一行–第七九五行）を参考に、ここではメンデス・プランカルテによる修正案〈más causa ánimo que miedo〉を採用した。

＊16　おそれるもの：原文では〈Lilibeo〉。一般には、オリュンポスの神々に挑んだ巨人族を封印した「リリベオ山」と解釈されている。

＊25　父たる太陽神が……：ギリシア神話のパエトンのこと。太陽神である父の馬車を御し損ねて大地を焼き払いそうになったため、ゼウスに撃ち落とされた。ソル・フアナにおいては、難事に挑戦する勇気を象徴している。『第一の夢』（第七八九行–第八二六行）も参照のこと。

＊96　クリュティエ：ギリシア神話のニンフ。太陽神アポロンを慕い、すげなくされても姿を朝から晩まで目で追ううちに、憔悴してヒマワリに姿を変えた。

＊137　クロイソス：リディア王国最後の王クロイソス（在位前五六〇–五四六）は、莫大な富を有したとされる。

＊157　ディオゲネス：古代ギリシアのキュニコス派の哲学者ディオゲネスは、日光浴をしていた際にアレクサンドロス大王の訪問を受け、「何か希望はないか」と問われて「そこに立たれると日陰になるからどいてください」と答えたとされる。

三一（八九）

レドンディリャ

美しい淑女の肖像画に

肖像画をおゆるしになったのは
リシさま　的を射ておりました　＊
と申しますのも　肖像画でなければ
誰も正視などできないのですから

その朝焼けのように美しい顔色は
太陽神ポイボスを投影したもの
一目見ようとするならば
鏡を介さなければなりません

しかし　私は気がつきました
奥さまの肖像に拝謁する者は
肖像であることをいいことに
不敬にも見つめてしまうのです

その比類のない美しさは
肖像であっても威厳を備え
完全に顕現なさらなくとも
見る者の命を奪うほど

その輝きで見る者の視覚を奪い
燃え上がらせてしまいますので
炎もその影をひそめ
火もその出番を失うほど

肖像が奥さまの代理を務めるだけで
すべてのものが従属いたしますので
奥さまが君臨するところでは
究極の統治が実現されます

奥さまが勝利を収めるには

拝顔を許すだけでいいのですから
もはや世界を征服することに
それほどの栄誉はありません

たとえ連戦連勝をおさめたとしても
圧倒的に優位な立場で戦い
簡単に勝利を手にするのですから
むしろ不名誉かもしれません

力の差があるにもかかわらず
強者と弱者が干戈を交えた場合
弱者は負けても弁解の余地がありますが
強者は勝っても不名誉しかありません

見事な鎧も立派な盾も
勇者のしるしにはなりません
なぜなら　胸を過剰に覆う者は
小心なことを白状しておりますし

鎧で完全武装した者も
鋼の心臓がないゆえに
疑念や不安におののいて
鋼の鎧に逃げたとしか見えません

ですから　美しくて偉大な奥さまは
その場にいらっしゃるだけで充分
魅力を見せつけるようなことは
むしろ不正を働くようなものです

美しい奥さまの神々しいお姿を
肖像画として描くために
愛の神アモルがアペレスとなり　*
愛の矢を絵筆といたしました

本人そっくりに描かれた肖像は
同じく見る人の心を奪います

どの曲線を見てもひとは傷を負い
どの色彩を見ても死に至ります

奥さまの肖像画に取組んだからといって
アモルは正気を失った訳ではありません
奥さまを永遠にしようとしたのであって
その美しさを侮ったのではないからです

彫像となった人物がたとえ美しくても
その偉業ゆえに彫像となったのなら
美しさが再現されなかったとしても
その威厳が表現されていればいいのです

美しい奥さまは　たとえ肖像でも
見る者の命を奪いうるというのに
まったく妥協がゆるされないとすれば
あまりにも無慈悲ではないでしょうか

ああ　美しく冷たい肖像よ
あなたが非情なのは分かったから
少しは慈悲を掛けたらどうでしょう
できぬなら　美を諦めてはどうでしょう

信じられぬまでに神々しく
そうやって　いつも居丈高に構えては
熱心に見る者の命を奪うのに
命を救うことに無関心なのは　なぜ？

その美しさに私のような卑しい者まで
心を奪われ懊悩してしまうのに
解放することもゆるさず
奉仕することもゆるさないとは！

愛とは奉仕することではないと
苦しむ私に納得させようと
あなたは私の犠牲を蔑ろにし

贈り物にも感謝してくれません

あなたは命を奪っておきながら
そんなつもりはなかったといって
人の命を奪うという大罪すら
無罪放免にしてしまうのです

そんな塵界を脱したところで
泰然と過ごそうとするあなたには
人をなみすることさえ煩わしく
そもそも関心すらないのです

無下にしても覚えていたことになり
軽蔑しても気にかけたことになり
何をしても喜ばれることになるから
あなたは見下すことすらしない

あなたに慈悲など期待できません
その冷たい態度を通して見えてくるのは
花のヴェールの下に隠れている
鋼のように硬くて冷たい心

リシさまの麗しい外見を
あなたは写しているけれど
冷淡な内面まで写しているとは
いったい誰が考えるでしょう

リシさま　美しい奥さまを描いた
この平然とした肖像をご覧ください
美しいというより超然としている点で
奥さまにそっくりですから

肖像よ　非情な時の流れに
輝きを奪われることなく生きるがいい
モデルとなった奥さまの完璧と
肖像ゆえの永遠を楽しむがいい

◆作品集第二巻（一六九二年）に初収。

＊2　リシさま：副王妃ラ・ラグナ侯マリア・ルイサのこと。副王妃に捧げた詩において、ソル・フアナは親愛の情を込めて「フィリス［Filis］」や「リシ［Lisi］」と呼んでいる。

＊51　アペレス：「コス島のアペレス」と呼ばれる、前四世紀頃に活躍した古代ギリシアの有名な画家。

慶弔詩

三二（一八七）

ソネット

やんごとなきマンセラ伯爵のご訃報に接して　＊

美しいラウラさまを愛でるあまり
天は奥さまを召されてしまいました
その無垢な光がこの不幸の谷を
照らし続けるべきではないかのように

あるいは　死を免れぬ私たちが
壮麗な建築物のような肢体に目を奪われ
そのあまりの美しさに心を奪われて
至福を得たと勘違いすることのないように

赫赫たる太陽が顔を出すと　満天に
真紅の幕が張られる東の果てに生を受け
太陽が熱い想いと共に沈みゆく

西の果てで　ご逝去なさったのは
その聖なる昇天には　太陽と同じく
世界を一巡するのがふさわしきがゆえ

◆作品集第一巻（一六八九年）初収。

＊　マンセラ伯爵［la condesa de Mancera］：ソル・フアナは修道生活に入る前、副王妃マンセラ伯爵の侍女を務めていた。任期を終えた伯爵夫妻がスペインに戻るためベラクルスに向かっていたところ、一六七四年四月二一日、伯爵夫人はテペアカ（現プエブラ州）で病没する。貴人の逝去といった特別な機会には、ソネットが三篇捧げられるのが当時の習わしであり、ソル・フアナもこの他に二篇のソネットを捧げている。

三三（一九〇）

ソネト

やんごとなきベラグア公爵のご訃報に接して　*

道行く人よ　この悲しみの火の中では　*
強大なユピテルも　打ち砕かれ
マルスも　ここでは雄剣を置き
アポロも　ここでは甘美な琴を壊します

ミネルウァも　悲しみに姿を隠し
星辰の光も　すっかり翳って
偉大なるコロンの遺灰に　*
すべてのものがひれ伏します

かく礼賛されるは　その名声のゆえ
かく賞揚されるは　その偉業のゆえ
陛下の謦咳に接したことがなくとも

副王領全土が敬愛してやみません
拝顔の栄に浴さなかった目は多くとも
落涙せぬ目はひとつとしてありません

◆作品集第一巻（一六八九年）初収。

＊　ベラグア公爵［el duque de Veragua］：第二六代ヌエバ・エスパニャ副王（在位一六七三）、ペドロ・ヌニョ・コロン・デ・ポルトゥガル・イ・カストロ［Pedro Nuño Colón de Portugal y Castro］（一六一八—一六七三）のこと。一六七三年十二月八日にメキシコ市に入るが、同月十三日に逝去した。三二（一八七）と同じく、他に二篇のソネトを捧げている。

＊1　道行く人よ［caminante］：路傍の墓碑に気づいた通りがかりの者が足を止めて墓碑銘を読むという、伝統的な詩的フィクションを踏まえた表現。

＊7　コロンの遺灰に……：ベラグア公爵がコロンブス（スペイン語名コロン［Colón］）の末裔であることを踏まえている。

三四（一七）

ロマンセ

副王妃の誕生日を祝して、象牙のイエス生誕像を
贈る

麗しいリシさま　古来よりの
しきたりに違わぬために
――と申しますのも　宮廷の習わしでも
特に敬うべき儀式として
まず第一に定められているのは
公達の栄えあるご生誕を
心を尽くした祝賀の会で
お祝いすることですから――
一筆差し上げます　とはいえ
奥さまへの愛情を示すことで
栄えある誕生日のお祝いに
さらなる栄光を重ねようというのではなく
――と申しますのも　偉大な奥さまの
誕生日をお祝いするに足るのは
奥さまをおいて他にないことは
いかなる愚か者にも明らかですので――
そうではなく　儀礼的な行為も
心からなされるものであれば
たとえ義務としてなされるものでも
自発的なものに相違ないからです
と申しますのも　儀礼的な行為が
愛情に発してなされる場合
その行為を支えているのは
愛情の働きに他ならないからです

奥さまを愛する私の気持ちが
遠慮という鎖から放たれますよう
慎しみ深いことだけが　愛情表現の
専売特許ではないのですから

奥さまを愛する私の気持ちは
盲目で幼い愛の神が引き起こす
危うく気まぐれな愛とは違って
麗しい奥さまにこそふさわしく

並外れて大きい親から
並外れて大きな子が生まれるように
奥さまがこの上なく高貴である以上
私の愛情はこの上なく高貴なのです

大胆なうえに　執拗ですらある
私の愛は　無礼かもしれませんが
高貴な感情であればこそ
たとえ無礼であっても許されるはず

愛する気持ちが意志に勝るならば
意図して無礼を働いたことにはならず
愛するのが避けられないならば
無礼も避けられないのですから

自分の意志ではどうにもなりません
太陽のように輝く奥さまの魅力を
クリュティエとなって追い続けることしか
この私にはできないのです

*

われを忘れて話がわきに逸れました
奥さまへの想いが溢れるあまり
気持ちに忠実であろうとすると
かえって用件から遠ざかるようです

話を元に戻したいと思いますので

その美貌を少し隠してください
その美貌を目の当たりにする限り
目に映るものしか言葉になりません

奥さまを愛する私の気持ちは
奥さまを永遠のものにしようと
自らに秘術を施して
奥さまの寿命になるのを望んでいます

来るべきすべての時代は
一刻も早い到来を望んでおります
それらの時代を奥さまが迎えることは
奥さまに祝福されることだからです

申し上げたいのは　ただひとつ
お誕生日をお祝いするにあたり
私にできることといえば
生誕像をお贈りすることだけです

誰もが奥さまのお誕生日を
心を込めてお祝いすることでしょう
私はお祝いのしるしとして
生誕像をお贈りしたいと思います

奥さまを慕う人たちの贈り物は
私のものより高価かもしれませんが
これよりすぐれているはずはなく
そうであればこそ　心は慰みます

神の御子がお生まれになったのは
ゆるしと平和のためでした
奥さまがお生まれになった日にも
ゆるしと平和が施されますよう

奥さまという奇跡をお作りになった方が
奥さまという驚異をお守りくださいますよう

かく美しく望まれ　かくお作りになった方が
千代に八千代に　祝福くださいますよう

◆作品集第一巻（一六八九年）初収。

＊47　クリュティエ［Clicie］：ギリシア神話のニンフ。太陽神アポロンを慕い、すげなくされても姿を朝から晩まで目で追ううちに、憔悴してヒマワリに姿を変えた。

三五（一五）

ロマンセ

ある日の午後、副王陛下ラ・ラグナ侯爵が修道院の晩課にご臨席なさるも拝謁の栄に浴せなかったため、このロマンセを書き送る　＊

陛下　心よりお祝い申し上げます
お誕生日を言祝ぐご挨拶が
晩課の際にはできませんでしたので
朝課の際にお受け取りくださいませ
夜半に筆を執りましたのは
暗くても不吉ではなく
むしろ賛課の時刻こそ
賛美にふさわしいと考えたからです
陛下をお慕いするあまり

わが身のことを忘れ
ご生誕をお祝いする詩文に
一晩かけてしまいました

ラテン語の賛歌で眠たくなる私が
ロマンス語のロマンセで徹夜する
それほどお慕いしておりますし
それほど心を込めて書きました

お見苦しいところがありましたら
どうかお許しくださいませ
カンテラだけが頼りの未明
手元が覚束なかったのです

しかも　私の哀れなカンテラは
「おとめ」である修道女の私が　*
「おろか」に見えるほどに
ほとんど油がなかったのです

さて 前置きを並べ立てて
本題を切り詰めるとあっては
本末転倒になりますから
そろそろ本題に入りましょう

聖寿の万歳をお祈りします
持たぬ者の希望よりも長く
持たぬ者の羨望を浴びる
幸せ者すら羨むほどに

年齢を否定するほど若々しく
年齢を倍するほどに思慮深い
そんな陛下におかれましては
時間の流れが感じられません

陛下の赫々たる偉業は
それを称えるだけで

ラッパも音が出なくなり
名声の女神も疲弊します

その大音声は陛下の長寿を
世にあまねく知らせます
族長メトセラが席を譲り ＊
長老ネストルが羨むほどに

賢明な人生をお送りください
それこそが幸福な人生です
生きることの意味を知らぬ者は
ただ存在しているだけなのです

持っているものを知らなければ
享受できるものも享受できません
不滅の意味を知らない碧玉が
不滅を誇ることに意味はありません

長寿を保つということは
期間の問題ではありません
白髪の老人が紅顔の若者に
頭を垂れることもあるのです

賢明な農夫は実が熟すのを
ただぼんやりとは待ちません
創意工夫を凝らすことによって
春にも秋の収穫を手にします

航行する船も　その航路を
風だけに頼ってはいません
漕法を駆使することによって
無風でも満帆を手にするのです

太陽が顔を出すのを待って
ようやく勉強を始めるようでは
どれほど詩文に勤しもうとも

桂冠を頂くことはありません

白髪とは求めるものであって
染まるのを待つものではありません
白髪は求める者には喜ばしく
ただ待つ者には悩ましいのです

ただ年月の過ぎるがままに生き
老いるのを座して待つばかりの人は
手にしているものを守ることもできず
待っているものを手にすることもできません

したがって　愚かな人生を送る人は
実はその存在すら怪しくなります
なぜなら　一向に熟すことのないまま
若さには見放されていくのですから

人生に高次の意義を求めることなく
ただ生きているというだけの人は
生きていることだけに満足して
人として生きることを忘れています

人生を享受していないのです
誰の目にも明らかなように
よく生きることができるのは
生きることをよく知る者のみ

愚かなままに人生を送り
老境の敷居をまたぐ人は
白髪ではなく恥を頭に飾り
年齢ではなく愚痴を重ねます

要するに　若く思慮深い人は
生きた証を悠久の碑に刻み
その名声を長く久しく
後世に語り伝えるのです

ほんのわずかな刹那でさえも
無為に過ぎるのを許さない人は
どれほど短い時間であっても
決して短いとは感じません
どんな時間でも活用する人には
人生が流れ去ることはありません
なぜなら　現在を生きる時にも
過去が活かされるのですから
常に注意を怠らず賢明に
過去を反省し　未来を予測し
現在を制して生きる人は
三つの時間を生きています
陛下は　幼少の頃より
幼稚ということを知らず
これらの教えをしかと守って
見事に実践してこられました
ですから　陛下の玩具は
今でも不平をこぼしております
どれほど誘惑しようとも
陛下は難攻不落だったと
さらには　お面も太鼓も
独楽もボールもラケットも
一度も遊んではくれなかったと
陛下の勝利を称えております
陛下は　すでに幼少の頃から
あの知将オデュッセウスですら
当時の陛下に教えを請うほどの
深謀遠慮を示されたのでした

陛下をお慕いする気持ちをこめて
書いたこと　書いてあること
書ききれなかったこともあわせて
このロマンセをお受け取りください

◆作品集第一巻（一六八九年）初収。

* このロマンセは、一六八二年、副王ラ・ラグナ侯爵がヌエバ・エスパニャ副王領で三回目の誕生日を迎えた際のものとされる。また、ローマ・カトリック教会の典礼のひとつである聖務日課のうち、「晩課」は日没時に唱えられるものを、「朝課」は真夜中過ぎに唱えられるものをいう。

*22 「おとめ」である修道女の私が……：原文は〈que me moteja de loca, / aunque me acredita virgen.〉。愚かな娘たちは油を用意していなかったため主人を迎えることができなかったという、「マタイによる福音書」（二五：一―二五：一三）にある「十人の処女たちのたとえ」を踏まえた表現。

*43 族長メトセラが席を譲り……：旧約聖書の族長メトセラは九六九歳まで生きたとされ、ギリシア神話のピュロス王ネストルは三〇〇歳でトロイア戦争に参加したとされる。いずれも長寿の象徴。

三六（二四）

ロマンセ

王子に洗礼が施されたのを受け、副王妃にご生誕の祝辞を送る　*

リシさま　神より授かったご令息が
洗礼により神のもとに戻されるまでは
奥さまにお祝いのお言葉を
差し上げることを控えておりました
と申しますのも　敬虔な奥さまは
お麗しいご自分が分娩なさったのに
洗礼により神のものとなるまでは
わが子とはお呼びになりませんでしたので
奥さまの信仰の篤さを証しております
嫡出子であるにもかかわらず

奥さまはご令息を「教会の子」に ＊
なさろうとしているのですから
太陽の光に照らされたとしても
恩寵の光に照らされるまでは
照らされたことにはならないと
そうおっしゃるのですから
慈しみください　千代に八千代に
恩寵の光の中　汚されることなく
お受けになる恩寵がいや増し
お受けになった恩寵が失われませぬよう
アレクサンドロス大王が母オリンピアスから
コンスタンティヌス帝が母エレナから
それぞれ受け継いだ偉大と慈愛を
奥さまから受け継ぐことでしょう
知恵の女神ミネルヴァの知力と
戦いの神マルスの威力を授かり
月桂樹にオリーブを結びつけて
文武に優れた英雄となるでしょう
祖国はさらなる栄光に輝き
諸外国が羨むことでしょう
その手腕によってアメリカは
地上の国々を従えることでしょう
このアメリカも　めでたく
高貴な血を受けることになります
偉大な王家を通じて　ヨーロッパが
切り離せない祖国となるのです
アメリカは　王冠を戴いた頭を
誇らしげにもたげるでしょう
メキシコで生を受けた鷲は

帝王の翼をひろげることでしょう

と申しますのも　偉大なる異教徒
モクテスマ一族が眠る王宮に
カトリックのセルダ家の王子が　＊
お生まれになったのですから

やんごとない王子は健やかに育まれ
愛の神のように愛らしいのですから
父マルスにも　母ウェヌスにも似て
強く美しくなることでしょう

戦の女神ベロナからは武器を
愛の神アモルからは愛の矢を
英雄ヘラクレスからは棍棒を
学芸の神アポロンからは知恵を授かるでしょう

アレクサンドロスの生まれ変わりとなり　＊
アエネアスのように慈悲深くなり　＊
ポンピリウスに勝るとも劣らず　＊
マエケナスのように秀でることでしょう　＊

七月〔julio〕にお生まれになったのも
偶然ではなく必然だといえましょう
ユリウス〔Julio〕・カエサルのように
偉大な王子がお生まれになったのですから

まだ年端も行かないのに
すでに初級教本を修めて
カトーと見まごうお姿を　＊
思い浮かべることができます

また古代ローマに倣って言えば
子供服や魔除けを脱ぐ年齢を迎え
青年となってトガを着るお姿も
思い浮かべることができます

青年となった王子は　疑いなく
勇敢にして弁舌爽やかとなり
戦地では敵をふるえあがらせ
学府では諸学を極めることでしょう

青年となった王子は　その右手に
筆を握っては健筆を振るい
剣を握っては鮮やかに捌いて
世の人を瞠目させることでしょう

青年となった王子は　二つの名で
つまり　賢明なるがゆえに平和と
しかし　勇猛なるがゆえに戦争と
相反する名で呼ばれることでしょう

青年となった王子の学識と分別は
かのカエサルにも勝るとも劣らず
ご自身の並ぶものなき記録官となって
自ら成し遂げる偉業を記すことでしょう

青年となった王子に　世の人は
至高の上に至高が重ねられ
最大がさらに増大するという
第八の不思議を目の当たりにするでしょう

その頃まで私が生きていられたら
たとえ杖をついていたとしても
わが詩女神は王子の名声を称え
世にあまねく知らしめることでしょう

しかし　このあたりで筆を擱きましょう
祝辞で申し上げたかったのはただひとつ
王子の長寿と奥さまの長久とを
心よりお祈り申し上げます

◆作品集第一巻（一六八九年）初収。

＊　副王夫妻ラ・ラグナ侯パレデス伯の嫡男ホセは、一六八三年七月五日に生まれ、同月一四日に洗礼を受けた。

＊11　教会の子［hijo de la Iglesia］：婚外子が洗礼証明書に「教会の子」として登録されたことを踏まえた言葉遊び。副王妃は、子息が嫡出子であるにもかかわらず、洗礼によって一日でも早く信者（＝教会の子）となることを望むほど敬虔である、という意味。

＊43　セルダ家：「セルダ［Cerda］」はラ・ラグナ侯爵の姓。

＊53　アレクサンドロス：ギリシアからオリエントにいたる大帝国を建設し、東西文化の融合を図って、大王と呼ばれたマケドニアの王（前三五六－前三二三）。

＊54　アエネアス：ローマの祖市ラティニウムを建設したとされる、伝説上のトロイアの英雄。

＊55　ポンピリウス：伝説的な王政ローマ第二代の王（前七五〇－前六七三）で、哲学と瞑想を好んで一度も戦争をせず、内政を充実させたとされる。

＊56　マエケナス：共和制ローマ期から帝政ローマ期にかけて活躍した政治家（前七〇－前八）で、ホラティウスやウェルギリウスを援助するなど文芸を庇護し、メセナ活動の語源となった人物。

＊63　カトー：共和制ローマ期の政治家マルクス・ポルキウス・カトー（前二三四－前一四九）は才筆をもって知られ、ラテン語散文の祖とされる。

三七（二五）

副王陛下の王子が満一歳をお迎えになるのを祝して
　ある死刑囚の恩赦を請願する　＊

偉大なるラ・ラグナ侯爵さま　＊
崇高なるパレデス伯爵さま
揺籃の中にいらっしゃる殿下は
小さいのに大変に大きなお方です
殿下は完璧なダイヤモンドのように
深く透き通った光を輝き放っております
それは　あまたの国々に相当する価値を
その小さなお体に集約しているためです
私は殿下にお仕えする者として
殿下が時の歩みとともに

歩むようになった時のために
お伝えしておきたいと思います

麗しい母上さまが懐胎なさるよりも前に
観念として殿下を胚胎しておりました私は
殿下がお生まれになる以前から
殿下をお慕いしておりました

もし天がお疲れになることがあるなら
必ずや天を疲弊させたほどに
私は神に　幾度となく
殿下のことを祈願いたしました

過去・現在・未来において
頭の中で抱かれる観念であることをやめ
この世に生まれて出てくることを
私はどれほど祈願したことでしょう！

サムエルを授かるために ＊
神殿で祈祷の言葉を呟き続けて
夫ヘリを誤解させたアナも
私ほどではありませんでした

子宝を授かりたいと願う者のために
慈悲深く神にとりなしてくださると
私たちの間で信じられております
あらゆる聖人に私はお祈りしました

創造主が殿下を観念から取り出し
殿下に存在を与えてくださるよう
あらゆる聖女にとりなしをお願いし
あらゆる聖人に仲立ちをお願いしました

こうして玉のように美しい殿下が
ついにお生まれになったのですが
この上なく美しいあどけなさには

神の無限の知恵が示されております
渇望する苦しみが癒されますと
今度は祈願に続きまして
(殿下ご生誕の祈願のことです)
無病息災が気遣わしくなりました

殿下のご生誕を心から喜ぶとともに
健やかなご成長を願って心配したり
お隠れになるのではないかと　*
おそれるようになったのです

殿下　あまたの経験から
私たちはよく知っております
失うことをおそれるよりも
手に入れられない方が幸福なのです

殿下の一挙一動に驚き恐れるのは
愛情が大きければ大きいほど
心配も大きくなるからだと
はっきりと申し上げましょう

殿下の命に　わが命は左右され
殿下の息に　わが息は委ねられ
命運が髪の毛一本に託されることが
これまで幾度となくありました

これまで殿下が病気を患った時には
どのような病気であれ　必ず
殿下の容態が変化するよりも前に
私の心に影響が出たものです

殿下が病気を患った時には
母君は大いに胸を痛め
父君は大いに気を揉み
私は殿下への愛情が募り

それらすべてが私の中で
苦しみの塊を形成し
胸中は周囲の心痛を集めて
憂悶の焦点となるのです

しかし　神のご加護により
殿下の齢という船は　ついに
黄道という大洋を一周し
安心という港に到着しました

十二宮をご覧になった殿下は
ヘラクレスの生まれ変わりとなって　＊
あらゆる季節において
十二の難業を果たしたのです

太陽神の輝ける息子となって　＊
父ポイボスの太陽の車を駆り
火を吐く馬プレゴンとアイトンの
手綱を見事に捌いております

「獅子」を打ち負かし
「雄牛」を服従させ
「巨蟹《きょかい》」の毒液を消し
「天蠍《てんかつ》」の毒針を抜きました

「人馬」から矢を奪い
「白羊」の首根を抑え
「双子」の嫉妬を掻き立て
「宝瓶」を干上がらせました

「乙女」の心を奪い
「双魚」を一網打尽にし
「磨羯《まかつ》」の角をつかみ
「天秤」を傾けました

天が北に南に振れる結果
四種類に分割されている
それぞれ特徴的な季節を
殿下は経験なさいました

花咲き誇る春を
干上がった夏を
実り豊かな秋を
霜に覆われた冬を

殿下は大変にめでたいことに
満一歳をお迎えになりました
一歳を迎えた者は百歳を迎えます　*
どうかご健勝にお過ごしください

そして　殿下のお誕生日を……
お誕生日ですって？　何たる失態！　*
この表現はさすがに使われ過ぎで
楽器の弦も擦り切れるくらいです
とはいえ　ご生誕をお祝いする時
「年齢」や「春秋」あるいは
「出生」や「降誕」の他に
いったい　どんな表現があるでしょうか？

殿下　どうかお許しください
こんな笑い話がございます
（もっとも　あらゆるコプラは　*
小話のようなものですが）

ある何のなにがしという人物が
聖ペテロの説教をしておりました
何年も続けておりましたので
お定まりのものになっておりました

いつも同じ話で新しみがないと

聴衆が不満をこぼしましたので
哀れに思った友人のひとりが
そのことを男に伝えましたところ

男はこう答えたのです「わしには
話し方も内容も変えられんのだ
われらが母なる教会が
真理を変えてくださらぬ限りは」

このようなお話しなのですが
楽しんでいただければ幸いです
お気に召さないようでしたら
聞かなかったことにしてください

さて　愛らしい新芽のような殿下
満一歳をお迎えになった今
殿下の無病息災と健やかなご成長を
私どもは心から願っております

どうか父君と母君にお与えください
お二人の魂の結合であり
お二人の心の蝶番である殿下の
ご成長を見守る幸せを

また　殿下のご成長とともに
アポロンの母ラトナとなる名誉を ＊
クピドの母ウェヌスとなる光栄を
母君もまた享受なさいますよう

また　殿下のお世継ぎも
あまたの帝国をしたがえ
あまたの王冠に慕われ
あまたの権杖から喝采を浴びますよう

移り気で予断を許さない
運命の女神にお命じになり

殿下のご英断が女神を動かして
運を決する指針とされますよう

157 宮廷においてはアドニスのように
美しい鏡となって視線を集め
戦場においてはマルスのように
勇ましい盾となられますよう

161 殿下が誕生日をお迎えになる
この上なくおめでたい日は
罪を犯した者に恩赦が与えられ
罪を贖っている者が釈放される日です

165 どうか　ベナビデスの命をお救いください
重犯罪人であることは承知しておりますが
殿下をお祝いするめでたい日には
より重い罪に対しても恩赦が出されます

169 恩赦に値しないというのが理由でしたら
ふだん天がどれほど慈悲を誇ろうとも
垂れることがなければ意味はありませんし
少なくとも宝の持ち腐れとなりましょう

173 今日という日　ある女性が　*
ヘロデ王に懇願いたしました
聖なる預言者ヨハネの首を
褒美として切り落として欲しいと

177 彼女の願いは憎悪に発していました
復讐を果たしたかっただけなのです
しかし　悪意に満ちた命令は下り
残酷にも斬首は執行されました

181 私は修道女という立場から
キリスト者の殿下におかれましては
血を流すようなことをなさらずに

寛大なる処置をお願いいたします
185 命を奪うことは誰にでもできますが
命を与えることは神にしかできません
ですから　殿下はおゆるしになりさえすれば
神にお近づきになることができるのです

189 殿下をお祝いするおめでたい日に
祭壇が汚損されることになったり
教会が冒涜されることになるのは
明らかに道理に反しております

193 殿下に神のご加護がありますよう
神のご加護と申しましたが
神と殿下の双方に寛大な措置を
切願し哀訴しております

◆作品集第一巻（一六八九年）初収。

＊　副王夫妻ラ・ラグナ侯パレデス伯の嫡子ホセは、一六八三年七月五日に誕生、同月一四日に受洗した。「ある死刑囚」とは、「覆面男［el Tapado］」の異名をもって知られたアントニオ・ベナビデス［Antonio Benavides］という詐欺師で、死刑が確定していたが執行されていなかったため、支援者がソル・フアナに恩赦の請願を依頼したとされる。ただし恩赦は認められず、ホセの誕生日の一週間後の七月一二日、絞首刑が執行された。

＊1　偉大なるラ・ラグナ侯爵……：恩赦の請願は、満一歳を迎えた王子ホセにお願いする形式をとっている。

＊25　サムエルを授かるために……：サムエルは旧約聖書サムエル記に記されている預言者。母のアナは、子を授かるために神殿で声に出さずに口だけ動かして祈っていたが、その様子を見た夫のヘリは、酔っていると勘違いをした。

＊47　お隠れになるのではないか……：第一子と第二子がともに一歳をまたずに夭逝していたこともあり、王子が罹病した際には容態が大いに心配され、一六八四年一月二六日には平癒の祈願が行われた。

＊78　ヘラクレス：十二の難業をはじめ数多くの偉業を果たした、ギリシア神話最大の英雄。

＊81　太陽の輝ける息子：ギリシア神話のパエトンのこと。太陽神である父の車を御し損ねて大地を焼き払いそうになったため、ゼウスに撃ち落とされた。ここでは、パエトンとは異なり、王子が難事を解決する能力の高いことを称える比喩となっている。なお、七三（一四九）、七五（二）、八〇（二一六）なども参照のこと。

＊107　一歳を迎えた者は……：原文では〈quien hace un año, hará ciento.〉。〈Quien hace un cesto, hace ciento.［籠をひとつ作る者は籠を百作る］〉という諺を踏まえた地口。

＊110　お誕生日ですって?：原文では〈¿Natal dije? ¡Qué gran yerro!〉。当時、「誕生」を意味するのに〈natal〉という語が乱用されたことに対する皮肉。

＊119　コプラ［copla］：一般に、八音節四行からなる短い詩。

＊146　アポロンの母ラトナ：原文では〈la Leda de tal Apolo［アポロンの母レダ］〉。しかし、アポロンの母はレダではなくラトナ［Latona］であり、この点については、ソル・フアナの思い違いであるとか、ラトナのギリシア語名レト［Leto］の誤植であるとされている。いずれにせよ「ラトナ」と訳した。

＊173　今日という日……：ユダヤ王ヘロデの後妻の娘サロメは、王の前で踊った褒美として、洗礼者ヨハネの首を求めた（『マルコによる福音書』六：一四－二九など）。ただし、聖ヨハネの祝日は六月二四日。

三八（三三）

厳格な者から詩作を咎められたため、わずかな時間で副王妃への聖誕祭のお祝いを書く　＊

ロマンセ

聖誕祭のお祝いを申し上げますのは
喜びであり務めでございます
喜びというのは私の喜びのこと
務めとは奥さまに対する務めのことです

ですから　ご不満に思われる方もいますが　＊
重大ではないことに大騒ぎするような　＊
そんな方のことは気にせずに
大変なこともありますが　私は書きましょう

それに　奥さま　教えてください
聖なる夜のご挨拶をするだけなのに

忌まわしい日だと非難されるとすれば　＊
不条理にもほどがないでしょうか？

奥さまに聖誕祭のご挨拶をするのに
韻文にすべきか　散文にすべきか
この表現にすべきか　あの表現にすべきか
そんなことが　なぜ問題になるのでしょう？

しかも　ご挨拶をしようとすると
言葉は流れるように出てきますので
手で筆を走らせたところで
口で申し上げるのと変わりません

良いのか悪いのか分かりませんが
生まれついての詩人である私は　＊
鞭打たれればオウィディウスと同じく
うめき声さえも韻を踏んで漏れるのです

余計な話をしてしまいました
私としたことが何を思ったのか
気づかぬうちに少しずつ
あらぬ方向に逸れてしまいました

奥さまを主人として心よりお慕いし
神聖な天球として愛してやまない私は
奥さまのことばかり考え
身も心も奪われております

やんごとなく清らかなマリアさま
その並ぶものなき美しさと
競いうるものがあるとすれば
それは奥さまの淑徳と魅力のみ

素敵な聖誕祭をお過ごしくださいませ
ありきたりなご挨拶ではありますが
ありきたりでも心が込もっている

そのような表現もありうるのです
奥さまへのご挨拶は彫琢いたしません
愛情を表現するには凝った言葉ではなく
口をついて出てきた言葉を使うのが
もっとも偽りがないからです

どうか奥さま　副王陛下に
くれぐれもよろしくお伝えください
畏れ多くて陛下のおみ足にではなく
その足跡に接吻いたします

この上なく愛らしいホセさまには
あの小さなお体を支えている
百合のように白く可憐なおみ足に
愛情と敬意を込めて接吻いたします
そして　奥さまにおかれましては
おみ足を乗せた靴底に接吻いたします
間接的に触れられただけでも満たされ
もう何も申し上げることはありません

◆作品集第一巻（一六八九年）初収。

＊　ソル・フアナは、霊的指導者のアントニオ・ヌニェス神父から、詩作に従事するのは怠慢で世俗的であるとして執拗に批判されていた。なお「副王妃」とはパレデス伯マリア・ルイサのこと。

＊5　ご不満に思われる方：ソル・フアナの文芸活動を厳しく咎めていたアントニオ・ヌニェス神父のこと。「幾度にもわたって何人もの人から聞かされたところでは、神父様のお話においてただひとり私だけが叱責の対象とされており、私の行動を「公的な醜聞」になぞらえたり、それと同等の恐ろしい罵倒のことばを用いたりするほど、ひどく辛辣な思いをもって私のことを非難しておられるとのことでした」（『告解師への手紙』旦、四七頁）。同様の表現は七〇（一四六）にも見られる。

＊6　重大ではないこと：原文では〈lo que no pesa（重くないもの）〉。韻文による創作が、アントニオ・ヌニェス神父には「軽薄である」という意味と、ソル・フアナには「容易である」という意味が掛けられている。

＊11　忌まわしい日……：アントニオ・ヌニェス神父は当時、ソル・フアナが「社会的な害悪［escándalo público］」だと触れ回っていた。

＊22　生まれついての詩人である私は……：「しきりに迫害されている詩作の能力というものに注目してみますと、これは実は、私にとってはい

かにも自然なもので、この手紙すら、詩文にならないようにするために自分に無理をさせているほどであり、「私の言おうとしたことがすべて、韻文になって出てきた」というあれは、そのまま私に当てはまるほどなのです」(『ソル・フィロテアへの返信』旦、一五二―一五三頁)。なお、「私の言おうとしたことがすべて、韻文になって出てきた」という一節はオウィディウス『悲しみの歌』第四巻第一〇歌からの引用とされる。

三九（六一）

十音節のロマンセ

優雅なエスドゥルフロの語を駆使してやんごとなきパレデス伯爵の美しい容姿を描き、メキシコより送る　＊

その天使のようなお姿を描くため
リシダさま　私は天を画板となし　＊
太陽の光を絵筆となして
あらゆる星に歌わせましょう

オフィルの黄金を撚り合わせた綱　＊
ティバルの純金からなる甘美な枷　＊
その長い髪は牢となり
迷宮となって見る者を虜にします

三相ではなく満月のヘカテが　＊

この上なく純白の姿をあらわし
奥さまの額の上で揺れながら
まばゆいばかりに輝いております

丸い額の下の二張の弓は　*
弓術に長けたペルシア兵のように
矢に代えて毒蛇を射掛け
心地よい毒で心を奪います

二つの目は太陽神のランプ
そこから放たれる光は激しく
見る者の魂に届くや火薬となり
心中を灼熱の地に変えてしまいます

その清らかな二条の光の間には
判事のように鼻が端座し
二つの頬を隔てると共に
二つの頬を仲裁しております

その頬は四月を教授する学校
五月には春の何たるかを
ジャスミンには純白の秘訣を
バラには深紅の手本を示しています

その口はまるで香しい壺
夜明けの涙を凍らせて収め　*
真紅に染まった唇の間からは
珊瑚と真珠が姿を覗かせます

斑岩のようなあごのくぼみは
心奪われた者の魂が安らぎを得る葬場
奥さまは光輝く棺を用意なさり
明星の地下聖堂で誉めたたえます

ウェヌスの園へと続くその首は　*
象牙からなるオルガンのように

心地のよい音楽を響かせて
風をも恍惚とさせ虜にします

水晶と雪でできた蔓のような　＊
そのふたつの純白の腕は
満たされない欲望を抱かせ
タンタロスのように苦しませます　＊

その両手から伸びる白い指は
雪花石膏でできたデーツのよう
見つめる目には冷たいのに
心が触れると溶かされてしまいます

くびれた腰はボスポラス海峡のよう
その腰に締められた絹の紐は
何としても視線から腿を隠そうと
絹でも頑なに禁域を守っています

その姿態はまさに繊細さの極致
ドーリス式の彫刻を驚かせ
イオニア式の輪郭を蔑むほど
ご自身以外に比肩するものはありません

その小さく軽やかな足は
固い床に触れることがなく
風の背を踏むたびに
美という毒で魅惑していきます

優美な立ち姿はプラタナスのよう
風にはためくペナントのよう
あでやかに揺れては
香り高い香油を振り撒きます

奥さまの類まれなる麗しさを写すには
私の稚拙な言葉では足りません
その麗質を高らかに歌いうるのは

文芸の神アポロンの竪琴のみ ＊

◆作品集第一巻（一六八九年）初収。

＊　エスドゥルフロ［esdrújulo］：終わりから三番目の音節にアクセントを持つ語のことで、終わりから二番目の音節や最後の音節にアクセントを持つ語に比べて数が少ない。原文はエスドゥルフロの語が各行頭に配されており、極めて技巧的なロマンセになっている。なお、エスドゥルフロを各行頭に配した十音節のロマンセは、パレデス伯マリア・ルイサのお気に入りだったスペインの詩人アグスティン・デ・サラサル・イ・トレス［Agustín de Salazar y Torres］（一六三六―一六七五）による発明とされ、ソル・フアナがパレデス伯を喜ばせようと工夫する様子がうかがわれる。

＊　メキシコより送る：一六八八年にメキシコからマドリードに戻ったパレデス伯マリア・ルイサは、翌一六八九年にマドリードでソル・フアナの作品集の第一巻にあたる『カスタリアの泉』［Inundación castálida］を出版する。このロマンセは、その間にメキシコからマドリードに送付された作品のひとつ。

＊2　リシダさま［Lísida］：パレデス伯マリア・ルイサのこと。

＊5　オフィル：旧約聖書の列王記で黄金の産地として語られている地名。

＊6　ティバル：中央アフリカにあったとされる金の特産地およびその砂金。

＊9　三相ではなく満月のヘカテ：ギリシア神話の女神ヘカテは三相一体の姿で表され、月と関連づけられた場合には、新月・半月・満月という月の三相を意味した。ここでは、リシダの額は月のように欠けることなく常に美しい、という意味。

＊13　二張の弓：リシダの眼差しのこと。

＊30　夜明けの涙を凍らせて［Lágrimas del aurora congela］：白い歯のこと。

＊37　ウェヌスの庭園［los jardines de Venus］：リシダの胸のこと。ルイス・デ・ゴンゴラの「ピュラモスとティスベの物語」［Fábula de Píramo y Tisbe］の一節〈de los jardines de Venus / pomos eran no maduros〔ウェヌスの園の／いまだ熟さぬリンゴだった〕〉から取られた表現とされる。

＊41　水晶と雪でできた蔓［Pámpanos de cristal y de nieve］：ルイス・デ・ゴンゴラの「ポリュフェモスとガラテイアの物語［Fábula de Plifemo y Galatea］」の一節「しかし　その腕は水晶の蔓［Mas, cristalinos pámpanos sus brazos］」から取られた表現とされる。

＊44　タンタロス：ギリシア神話のリュディアの王。神々の食物を盗んだ罰として沼の上に枝を広げた果樹に吊るされたが、目の前にある果実と水には決して手が届かないために、永劫の飢渇に苦しんだ。

＊68　アポロンの竪琴のみ［cítara solamente de Apolo］：各行頭にエスドゥルフロを配した十音節のロマンセがスペインの詩人サラサル・イ・トレスによる考案とされることは前述の通りだが、一六八一年に死後出版された彼の作品集が『アポロンの竪琴［cítara de Apolo］』と題されている。

四〇（六四）

メキシコ副王・副王妃両陛下やんごとなきパレデス侯爵夫妻をお迎えして、聖ヒエロニムス会修道院にて催された祝宴での郷土風の舞踏と歌　*

一　序

教会が私たちに施してくださる
この上なく寛大な免償の日に
贖罪の十字架という鍵で
慈悲深く授けてくださる免償の日に

やんごとなきマリアさまが　*
祝宴に参加くださいます
恩寵に満ちたお方ですから
列席なさるのは必然です

今日という大いなる日
両陛下がご列席くださいます
神々がご列席になる時には常に　*
免償が施されております

眩いばかりのセルダさま　*
そのきらめくおみ足を
メキシコの双頭の鷲が
頭に戴いております

陛下を讃える名声の女神は
記録と広報に勤しむあまり
いくつものペン先を潰し
声を嗄らしております

父祖の輝かしい栄光に　*
陛下はさらに近づかんとして

新たに継承なさる位をも
輝かそうとなさいます

陛下はスペインの獅子と　*
フランスの百合をつなぎ
セルダであるがゆえに
ふたつの王冠を結んでおります

武人からは勇将として
文人からは賢王として
崇敬を集めるあの名君の　*
誉れ高い血を引いております

名高きアルフォンソ王は
長きにわたって尊敬を集め
その広く深い学識は
王の偉大さをも超えるものでした

かくも多くの王族の血を
受け継いでおられますので
陛下に流れております血は
高貴に高貴を重ねたものです

陛下はメディナの空に　*
太陽のごとく光り輝き
その穏やかな陽光を
アメリカは享受しております

やんごとなきマリアさま
その並ぶもののない美しさは
この上なく聡明な自然が
英知を尽くして彫琢したもの

完璧で欠けたところもなく
麗しいことこの上ない奥さまは
極めて高い摂理が働いて

丹念に造られたことが分かります
奥さまを造ったのは自然ですが
より高い理想に近づくために
名匠として腕を振るったのではなく
使者として参加しただけなのです

その神々しいまでの美しさに
近づこうとすればするほど
言葉はその限界をあらわにし
過賞するということがありません

十一の天は鏡となって *
その磨き抜かれた澄明な表面に
奥さまの肖像を写せることを
心から喜んでおります

麗しいお姿を写しうるのは
十一の天において他になく
ふたつの目から放たれる光に
星辰は眩いばかりに輝いております

海のニンフたちは奥さまを
海の女神テティスとして褒め称え
女神にも勝るところについては
美の女神ウェヌスとして称えております

何も知らなければ森は奥さまを
女神ディアナのごとく崇めることでしょう
しかし　その眉は女神の弓より美しく
その視線は女神の矢より強いのです

奥さまがイダの山にいらしたならば *
パリスが不運に見舞われることも
美女ヘレネが危険にさらされることも
必ずや避けられたことでしょう

奥さまが勝者となるのは当然ですから
必然的に争いが起こることはなく
また勝利の林檎を手にするのに
協議する必要もないでしょう

その美しさを目にしたならば
目が疑われることはあっても
判定が疑われることはなく
異が唱えられることもありません

キプロスの王女だったならば　＊
プシュケから美女の栄冠を
ウェヌスから美神の称号を
お奪いになったことでしょう

高貴で麗しいゴンサガさまは　＊
当地のご出身だと口々に主張しながら
ホメロスを争ったギリシアにもまして
イタリアとスペインが競っております

才色兼備にお生まれなのも
決して奇跡などではありません
なぜなら　神という存在は
聡明で美しいものなのですから

奥さまの魂と体におかれましては
それぞれの特徴が渾然一体となり
麗しいご尊容は知性に満ちあふれ
精神の三機能は美しく輝いております　＊

驚くべきことに　奥さまにおかれましては
炎のように燃え上がる精神が
雪のように冷たい天球と
見事に調和し共存しております

奥さまのすべてが奇跡です
その美しさに示されておりますように
永遠で普遍の天球であると同時に　＊
豊饒な春でもあるのです

なぜなら　あけぼのから日光が
真珠貝から真珠が生まれるように
玉のように愛らしいホセさまが　＊
お生まれになったのですから

満開の花のようなお世継ぎは
その小さなお体に秘めております
小さな容器に多大なる栄光を
わずかな質量に偉大なる形相を　＊

あどけなく　いといけな愛のクピドは
まだ　いとけないにもかかわらず
従わせているとも知らずに従わせ
射抜いているとも知らずに射抜いております

その魅力で　見る者すべての目を奪い
心を磁石のようにひきつけますが
どれほど自由を奪おうとも
誰にも非難されることはありません

両陛下の魂を結ぶ絆として
ふたつながらにひとつだったものを
さらに強固な鎖をもって
同一不可分のものとなさいました

この神々しく聖なる家族を
当修道院は心より祝福いたします
いたらぬところがありましたら
敬愛の念に免じてご容赦くださいますよう

◆作品集第二巻（一六九二年）初収。

＊　一六八四年四月八日の復活祭の折、聖ヒエロニムス会修道院を訪問した副王夫妻を歓待するために催されたとされるが、当時のメキシコ市の様子を克明に記録したロブレスの日記には訪問への言及はあるが祝宴に関する記述はなく、他方ソル・フアナは作品で復活祭に触れていないため、正確なことは分かっていない。いずれにせよ、この「祝宴」のためにソル・フアナはロマンセ六篇を書き、おそらく朗誦された。

＊5　マリアさま：副王妃パレデス伯ラ・ラグナ侯マリア・ルイサのこと。

＊11　神々がご列席になる……：副王夫妻に対する敬意を誇張したものとはいえ、異端審問による検閲の対象になりうる表現との指摘がある。三〇（一六）の第六九行も参照のこと。

＊13　セルダさま：第二八代副王トマス・アントニオ・デ・ラ・セルダ［Tomás Antonio de la Cerda］（在位一六八〇―一六八六）のこと。

＊21　父祖の輝かしい栄光……：副王トマス・アントニオ・デ・ラ・セルダが、十三世紀後半のカスティリャ王国の賢王アルフォンソ十世（Alfonso X el Sabio）の長男フェルナンド・デ・ラ・セルダ［Fernando de la Cerda］に始まるカスティリャ王族の家系であることを指している。

＊25　スペインの獅子と……：副王トマス・アントニオが、着任前の一六七九年に、スペインのカルロス二世［Carlos II］とフランスの王女マリー・ルイーズ・ドルレアン［Marie Louise d'Orléans］（スペイン語名マリア・ルイサ・デ・オルレアンス［María Luisa de Orleáns］）の婚姻の手続きにたずさわったことを指している。また、侯爵の姓「セルダ（Cerda）」に「馬などの太くて長い毛」の意味が掛けられている。

＊31　あの名君……：祖先にあたる賢王アルフォンソ十世のこと。

＊41　メディナの空：原文では〈cielo de Medina〉。副王トマス・アントニオの弟フアン・フランシスコ［Juan Francisco］が第八代メディナセリ公爵［duque de Medinaceli］であったことを踏まえた表現。

＊61　十一の天：十七世紀までカトリック教会公認の宇宙論だった地球中心説では、宇宙の中心である地球を十一の天が同心円状に取り巻いているとされた。

＊77　イダの山に……：イダの山にてヘラ、アテナ、アプロディテが美を競った際、判定を任じられたトロイアの王子パリスは、アプロディテを最高としたため、褒賞としてスパルタの王妃ヘレネを連れ去り、トロイ戦争を引き起こした。

＊89　キプロスの王女……：キプロス島は美の女神アプロディテ（ローマ神話のウェヌス）生誕の地とされる。女神は自分より美しいとの世評を集めたプシュケに嫉妬し、息子クピドに命じて雪辱を図るが、クピドは誤って自分を傷つけたため、プシュケへの愛の虜になった。

＊93　ゴンサガさまは……：副王妃マリア・ルイサは、父方の家系により学芸庇護で有名なイタリア北部マントヴァのゴンザガ家［Gonzaga］と、母方の家系によりスペインのウルタド・デ・メンドサ家［Hurtado de Mendoza］と血縁関係にあった。四三（六七）も参照のこと。

＊104　精神の三機能［las potencias］：理性［entendimiento］、意志［voluntad］、記憶力［memoria］のこと。

＊111　永遠で普遍の天球［cielo ingenerable］：アリストテレスおよびスコラ哲学の理論では、天球の質料は永遠かつ不変とされた。

＊115　ホセさま：一六八三年七月五日に誕生した副王夫妻の嫡男のこと。王子の誕生を祝福したロマンセの三六（二四）も参照のこと。

＊120　わずかな質量に偉大なる形相を［gran forma en parva materia］：「わずかな質量」は王子の小さな体を、「偉大なる形相」は王子の魂を意味している。

四一（六五）

二　トゥルディオン　＊

やんごとなく偉大なセルダさまの
やんごとなく荘厳なおみ足にまで
敬愛する気持ちが飛翔できるならば
どうか私どもの敬愛が届きますよう

また　麗しい奥さまの小さな足跡を
大地は密かに戴いては歓喜し
カーネーションや白百合を咲かせて
触れられる喜びをあらわしておりますが

神聖なものは触れるものではなく
敬うべきものですから
神々しい足跡に唇が触れる代わりに
どうか畏怖の念が届きますよう

凝視ではなく畏敬することこそ
より深い信仰を示すものならば
間近に眺めて不敬を犯すことなく
誰もが遠方より崇め敬いますよう

完璧なものを間近に吟味するのは
敬慕どころか無礼な所業です
近くから見つめられたならば
太陽も光を放たなくなることでしょう

蝋の翼で不遜を犯した者が罰せられ　＊
翼を溶かされ海に墜とされるという
この世に知らぬ者のないほどに
よく知られた例もあるくらいです

太陽がまばゆい光を隠すかのように
たとえ陛下が儀礼を省略なさっても

まばゆさ自体は変わらないのですから
伏して恭しくお迎えいたしましょう

弓兵が懸命に護衛するかのように
燦爛たる光輝が陛下をお包みしております
なぜなら　太陽が光を奪われることは
その本質を奪われることなのですから

そして　神々しい陛下に見合うほどの
高貴なお供えものなどありませんので
陛下をおまつりする神聖な祭壇には
陛下への畏怖を捧げるほかありません

恩寵とは　大きくなればなるほど
見返りを求めなくなるものです
報いることが不可能なのですから
報恩できなくても許されるのです

神々に報恩できると自負することは
神々と並び競合するようなものです
それは　返礼しようとしながらも
反対に無礼を犯すに過ぎません

神からの施しは　ただ頂くほかなく
報いることなどできません
報恩とは施しを受けた者を神となし
施した神を神でなくすに等しいのです

陛下ご光来の栄に報いることなど
当修道院にはできないと告白し
報いられないと認めることで
感謝にかえさせていただきます

◆作品集第二巻（一六九二年）初収。

＊　トゥルディオン［turdión］：ヨーロッパの宮廷舞踊の一種。

＊21　蝋の翼で……：太陽に近づき過ぎたために蝋で固めた翼が熱で溶け、海に墜死したイカロスは不遜の象徴とされた。

三　四二（六六八）

エスパニョレタ＊

やんごとなく神聖なマリアさまが
わざわざお越しくださいました
太陽に他ならぬ方が　この宇宙の一隅に
五月に他ならぬ方が　この小さな花壇に

このあまりにも狭く小さい星座は
オフィルの黄金のような髪に照らされながら＊
旭光を受けて純白と深紅に染まった
朝焼けのようなかんばせを拝しております

そのご尊顔は白雪の空のよう
サファイアの太陽がふたつ
日光にも勝るほど輝いて
鮮やかな藍の空を辱めております

その名も高きセルダさまは
細やかな愛情という鎖で
気高いアメリカのうなじを
やさしく捕らえ従えております
王子ホセさまは愛の神の御子
まだいとけないみどりごながら
はやスペインのヘラクレスとなる　＊
英雄の相を揺籠で示しております
然るべき儀礼をお省きになって
神々しいお方がご臨席くださいました
陛下のご来臨により宴は実に華やかに
栄誉と幸福に包まれたものとなりました
これほどの恩寵には報いられませんが
せめて跪拝して恭しく拝謁し
もし魂が捧げものとなるならば
報恩のしるしに魂を捧げましょう

◆作品集第二巻（一六九二年）初収。

＊　エスパニョレタ［españoleta］：「スペイン風」を意味するイタリア起源の宮廷舞踏および舞曲のひとつ（イタリア語ではスパニョレッタ［spagnoletta］）。ここでは、奇数行と偶数行がそれぞれ十音節と十二音節からなり、偶数行で類音韻を踏む詩型のことで、十七世紀初頭に考案されたという。
＊6　オフィル：旧約聖書・列王記で黄金の産地として語られている地名。
＊19　ヘラクレス：女神ユノは夫のゼウスがアルクメネに産ませたヘラクレスを憎み、彼を殺そうとして揺籠に蛇を放つが、ヘラクレスはこれを素手で絞め殺したとされる。

四三（六七）

四

パナマ ＊

神々しいリシさま　奥さまは
皆にやさしくあたたかな方
それゆえに　私どもには
いっそう神々しいお方です

マントヴァの女神さま ＊
ひとつの天でありながらも
千の太陽をひとつにして秘め
燦々と輝きを放っております

輝かしいイタリアの学芸と
栄えあるスペインの武勇が
奥さまにおいて　ついに
ひとつに結ばれております

その眼差しは二張りの弓
女神ディアナよりも巧みに
しかし　獣たちではなく
見る者から心を奪います

奥さまは美の女神という
名で呼ばれております
なぜなら　概念としては
美そのものだからです

決して妬まれることはなく
いつも慕われております
奥さまほどの高みには
妬みなど届かないからです

奥さまは聡明さをもって
すでに世に広く敬われ

慕われておりますので
麗しさが所在なげです

奥さまがご自身のお姿を
鏡でご覧になる時だけは
映し出されたご自身のお姿と
美を競い合うことになります

奥さまはあらゆる美に
満ちあふれておりますので
どれほどの美に恵まれているのか
ご自身もご存知ではありません

常に旭日のように朝を迎え
光をまとっておりますので
装身具を必要とすることは
奥さまにはありえません

本日　そんな奥さまをお迎えして
当修道院は華やぎ喜びにあふれ
そのおみ足によって王宮となり
そのご来臨によって天となりました

そして　お迎えする者は皆
魂を捧げものとして差し出し
愛に満ちた声を響かせて
万歳を繰り返しております

◆作品集第二巻（一六九二年）初収。

＊　パナマ［panamá］：ヨーロッパの宮廷舞踊に触発されてアメリカで考案され、さらにヨーロッパに移入された舞踊および舞曲のひとつ。ここでは偶数行で類音韻を踏む六音節四行詩のこと。

＊5　マントヴァ［Mantova］：副王妃マリア・ルイサは父方の家系により、学芸庇護で有名なイタリア北部マントヴァのゴンザガ家と血縁関係にあった。四〇（六四）も参照のこと。

四四（六八）

五　ハカラ ＊

本日　神々しい光を放つ
お日さまとお月さまが
海の向こうに隠れることなく
大地にお近づきになりました

本日　寛仁大度の両陛下は
然るべき儀礼をお省きになり
ユピテルさまは雷電を収められ
ユノさまは威光を降ろされました

本日　ウェヌスさまは白鳥を
凱旋車から解放なさり
居心地のよいキプロスを後に
アメリカにご来臨くださいました

本日　軍神のベロナさまは
平和の旗をはためかせ
忌まわしい槍を降ろして
オリーブの枝を掲げておられます

本日　燦爛と輝くアポロさまは
眩い光で山を煩わせることなく
弓の名手ながら矢を手放して
ひたすら竪琴を奏でておられます

本日　温和な軍神マルスさまは
丁々発止と切り結ぶことはせず
喊声で天地を揺るがすかわりに
太平の世を楽しんでおられます

本日　穏やかなヘラクレスさまは
その強さを優しさにかえ

甘美な心地よさに浸って
恋人のイオレと睦んでおられます

本日　匂い立つばかりの御子
やんごとなきホセさまが
健やかにご成長なさり
希望に満ちあふれておられます

そして　本日　両陛下が天より
当修道院に降臨なさいましたが
人の姿をお取りになればなるほど
神々しさが際立っておられます

修道院長は　陛下のご来臨には　＊
決して報いることができないゆえに
報いたい気持ちだけでも示そうと
恭しくお迎えしております

報いられないことを知りながらも
おゆるしを請おうとしないのは
ゆるすことが第一の施しであると
十分に承知しているからです

すでに与えられているものを
さらに請い求めるというのは
この上なく寛大な施しを
狭小とするようなものです

自立した存在である神々は
報われずとも施すものであり
報われるために施すのではないと
十分に承知しております

それどころか　偉大なる存在は
必要以上に施すのが常であり
充ち溢れるまで施すことが

寛大なるものの喜びなのです

施しを必要とする者がいなくなれば
施すべき対象もいなくなるでしょう
必要とされることがないならば
施す力も無用のものとなるでしょう

恩恵とは施されるものですから
たとえ対象がなくなったとしても
有用ではなくなるかもしれませんが
かわることなく恩恵であり続けるのです

燦々と輝く三つの太陽から
照明を賜る栄に浴しておりますので
余所の天体を羨むこともなく
自身の天体で法悦に浸っております

筆舌に尽くしがたいものは
沈黙をもって意を尽くすとし
心の内に自らを祝福しながら
衷心より欣幸としております

◆作品集第二巻（一六九二年）初収。

＊ ハカラ［jácara］：本来は、無頼漢や無法者などの生活を題材とした陽気な物語詩のこと。ここでは副王夫妻を賛美する八音節のロマンセ。ちなみにソル・フアナは、ビリャンシコ［villancico］と呼ばれる民衆的な宗教歌の中で、宗教的なモチーフのハカラをいくつか手がけている(例えば、一六七六年の聖母被昇天など)。

＊37 修道院長［su dueño］：修道院の活動の「後援者」とも解釈しうる。

四五（六九）

六　ご参列を慶賀する祝宴の掉尾を飾る歌

この世で一番美しい女神さま　＊
その美しさに並ぶものはおりません
まばゆい日の光を身にまとい
足下では海の泡が喝采しております

その麗しいふたつの目からは
愛の神アモルから拝借した
何をも射抜く矢が放たれ
見る者すべての魂を奪っております

イタリアではゴンサガさまとして
カスティリャではセルダさまとして
ふたつの地にまたがる女神として
崇め敬われております

名家の誇り高いマンリケさまは　＊
その美貌であまたの勝利を収め
家門の名誉をさらに高らしめて
家名を世に響かせております

ヨーロッパに生を受けた奥さまは
イタリアでは星となってきらめき
旭光となっては燦として輝き
インディアスを照らしております

誰もが奥さまに心奪われて
敬い　お慕いしておりますが
その愛情はもはや筆舌には尽くせず
沈黙をもって意を尽くす他ありません

◆作品集第二巻（一六九二年）初収。

＊1　この世で一番美しい女神さま：副王妃マリア・ルイサのこと。

＊13　マンリケ［Manrique］：副王妃マリア・ルイサの母方の姓マンリケ・デ・ララ［Manrique de Lara］のこと。

四六（四〇）

ロマンセ

メキシコの副王妃やんごとなきドニャ・エルビラ・デ・トレドさまから宝石を賜ったことへの返礼として、やんごとなきパレデスさまにメキシコから献呈した詩にも勝るロマンセを添えて、真珠を献上する　＊

麗しく神々しいエルビラさま
その軽やかなおみ足には
アポロンが戴く月桂冠ですら
絨毯となるには及びません
ウェヌスも　ミネルウァも
奥さまを妬みつつ認めております
アテナの女神より聡明であると
キプロスの女神より優美であると

イデの牧童パリスも　奥さまに　＊
黄金の林檎を授与していたならば
審判は公明正大なものとされ
争いは避けられたことでしょう

気品に満ちあふれた奥さまの
そのお姿を目にしたならば
審査をするまでもなく奥さまに
美の栄冠を授与したことでしょう

あるいは　奥さまがいたならば
アンドロメダの悲運は避けられ　＊
英雄として栄誉を受ける機会を
ペルセウスは失ったことでしょう

麗しい奥さまを目にしたならば
美貌を自負していたネレイスたちも
身の程を知って　わが身を恥じ
奥さまだけを羨望したことでしょう

拝呈しました東洋の真珠は
奥さまの白い歯にならって
暁の女神アウロラの涙から　＊
光り輝く貝が宿したものです

この真珠は芸術と競いながら
自然が育んだものですから
その形は極めて自然ながら
芸術品のように見えます

これはおそらく　その形には
確かで豊かな叡智によって
邪視を寄せ付けない力が　＊
秘められているからでしょう

また　美の女神ウェヌスに
海が献上するものですから
奥さまという輝かしい祭壇に
私がお供えするのも当然です

この奥さまへの感謝のしるしは
貴重であるがゆえに葡萄酒に溶かされ　＊
エジプトの婚礼を盛り上げたという
あの真珠ほどではないかもしれません

あるいは　偉大なるスペインの
栄光に輝く王家の誇りとして
カトリックの王が守ってきた
あの至宝に及ばないかもしれません　＊

しかし　この真珠が髪かざりとして
奥さまの御髪に飾られるのであれば
他の真珠に勝ることになりますから
私にとってこれ以上の栄誉はありません

夜空を照らす灯火のように
煌々と光り輝く星たちは
星ゆえに明るいのではなく
夜空にあるがゆえにそう見えるのです

どうか　この真珠をご嘉納ください
奥さまへの愛情にほかありません
奥さまにふさわしい捧げものは　＊
真珠貝をおいてほかにありません

奥さまから頂戴した宝石は
私にとっては比類のない真珠として
奥さまに捧げた心を貝となして
後生大事に保管しております

◆作品集第一巻（一六八九年）初収。

＊　ドニャ・エルビラ・デ・トレド［Elvira de Toledo］：第三〇代副王（在位一六八八－一六九六）ガスパル・デ・サンドバル［Gaspar de Sandoval］の副王妃ガルベ伯エルビラ・デ・トレド・オソリオ・イ・コルドバ［Elvira de Toledo Osorio y Córdoba, condesa de Galve］のこと。

＊　パレデスさまにメキシコから献呈した詩：三九（六一）のレドンディリャのこと。ソル・フアナの作品集第一巻にあたる『カスタリアの泉』［*Inundación castálida*］の出版（一六八九年）に尽力した前副王妃パレデス伯マリア・ルイサを称えた肖像詩であり、同作品集では四六（四〇）のひとつ前に収録されている。

＊9　イデの牧童パリスも……：不和の女神エリスが「最も美しい女神に与える」として投げ入れた黄金の林檎をめぐってヘラ、アテナ、アプロディテ（それぞれローマ神話のユノ、ミネルウァ、ウェヌス）が競った際、ゼウスによって判定者に任じられたパリスはアプロディテを最高としたが、これが遠因となってトロイア戦争が引き起こされた。

＊18　アンドロメダの悲運は……：エチオピア王妃カシオペイアが娘アンドロメダの美貌を自慢するあまり海神ネレウスの娘たちを蔑んだため、神罰として王国は海獣に破壊され、アンドロメダは人身御供にされるが、ペルセウスにより救出され妻となった。

＊27　暁の女神アウロラの涙から……：真珠は、母貝が浜辺で口を開き、朝露を内包することによって産み出されると考えられていた。

＊35　邪視を寄せ付けない力：真珠には邪視を除ける力があると信じられていた。

＊42　貴重であるがゆえに葡萄酒に溶かされ……：プリニウスの『博物誌』（第九巻五八）によると、マルクス・アントニウスのために設けた宴席で、クレオパトラは両耳を飾っていた大きな真珠を外してワイン（あるいはワインビネガー）に溶かし、それを飲み干したという。

＊48　あの至宝：十六世紀半ばにパナマで採取され、スペイン王室に献上された「ペルラ・ペレグリナ［Perla Peregrina］（比類なき真珠の意）」と呼ばれる、二センチ以上もある大粒のドロップ型真珠のこと

＊59　奥さまにふさわしい捧げものは真珠貝……：原文は、聖別されたパンである「聖餅・ホスティア［hostia］」と「真珠貝・牡蠣［ostia］」とを掛けた言葉遊びになっている。

四七（六三）

十一音節の迷宮

やんごとなきガルベ伯爵夫人が、ご夫君であるやんごとなき伯爵の生誕を祝して（行頭から、また二種の区切りのそれぞれを行頭とみなして、三度読まれたい）＊

恋しく――大切な――愛しのわが背の君さま
華やかに――万端整え――君さまのお誕生日を
高らかに――歌います――愛慕の情を込めて
ご多幸を――祈りつつ――お祝い申し上げます
雅びな――捧げものが――贈りものとなりますよう
篤い――心を込めた――立派な生贄となりますよう
その胸に――輝きますよう――この心が宝石と
　　なって
その首に――飾られますよう――この腕が鎖と
　　なって
君さまを――敬愛する――私は存じております
誇らかに――いかなる時も――君さまがお喜びに
　　なるのは
お心と――お目に適う――最高の宝石であるのは
歓迎されるのは――ただひとつ――私からの祝辞
　　であると
仰々しい――演出は――必要ありません
派手な――宴会も――豪勢な催しも
華麗な――舞踏も――華やかな祝宴も
贅沢で――煌びやかで――豪奢な夜会も
慎ましく――ささやかな――愛情をお納めください
捧げます――穢れのない――清らかな純愛を
背の君に――お仕えする――妻が献上します
幸せな妻が――敬愛し――お慕いする君さまに

加えまして――もしも――私が贈りますものが
君さまの――お目に適わず――倹しいようでしたら
後生です――聡明な君さま――贈りものではなく
わびしく――哀れな――私の心をご覧ください

切々と――望んでおります――この命を差し出すことを
無償の――わが愛は――君さまを永らえるために
同じことを――私もまた――切望しておりますが
ひとつに――結ばれた――ふたりの命はひとつです

千代に――ひとつとなって――ふたりが永らえますよう
八千代に――永らえますよう――ひとつとなったふたりが
これに驚き――言葉を失った――愛の神と時の神が
唖然として――これこそ――奇跡と認めるまで

◆作品集第二巻（一六九二年）初収。

＊ 区切り方により、それぞれ十一音節・八音節・六音節のロマンセになっている。翻訳はできる限り原文の語順に沿っておこなったが、一字一句対応しているわけではない。以下に原文を示す。

Amante, –caro, –dulce esposo mío,
festivo y–pronto–tus felices años
alegre–canta–sólo mi cariño,
dichoso–porque–puede celebrarlos.

Ofrendas–finas–a tu obsequio sean
amantes–señas–de fino holocausto,
al pecho–rica–mi corazón, joya,
al cuello–dulces–cadenas mis brazos.

Te enlacen–firmes, –pues mi amor no ignora,
ufano–siempre, –que son a tu agrado
voluntad–y ojos–las mejores joyas,
aceptas–solas, –las de mis halagos.

No altivas–sirvan, –no, en demostraciones
de ilustres–fiestas, –de altos aparatos,

lucidas–danzas,–célebres festines,
costosas–galas–de regios saraos.

Las cortas–muestras de–el cariño acepta,
víctimas–puras de–el afecto casto
de mi amor,–puesto–que te ofrezco, esposa
dichosa,–la que,–dueño, te consagro.

Y suple,–porque–si mi obsequio humilde
para ti,–visto,–parciere acaso,
pido que,–cuerdo,–no aprecies la ofrenda
escasa y–corta,–sino mi cuidado.

Ansioso–quiere–con mi propia vida
fino mi–amor–acrecentar tus años
felices,–y yo–quiero; pero es una,
unida,–sola,–la que anima a entrambos.

Eterno–vive:–vive, y yo en ti viva
eterna,–para que–identificados,
parados–calmen–el Amor y el Tiempo
suspensos–de que–nos miren milagros.

四八（四一）

ロマンセ

メキシコの副王妃やんごとなきガルベ伯爵夫人の
気品あふれる肖像をエコにて描く　＊

ガスパルさまの奥方　＊
麗しいエルビラさまは
愛の神の矢のごとく
見る者の心を射止めるお方

その巻いた髪の毛は
風になでられると
波打つ嵐となり
見る者の命を危険に晒す

その額は白銀のように輝き
剣術の戦場のように広い

その眉は恐るべき二張の弓
幾千もの矢を放つ

その目に見つめられた者は
魂を射抜かれて平静を失い
えぐられた胸はなすすべもなく
愛の炎に燃え上がる

その鼻は自らすすんで
判事になることを決め
二つの頬の間に立って
仲裁している

その頬は白い平原
白雪がさらに白みを増すと
薔薇もさらに赤みを増して
咲き誇ろうとする

ルビーに色彩を教える
深紅の唇の間からは
見事な真珠が整然と
二列に並ぶのが見える

雪のように白いその首は
愛の炎を吹くかまど
炎の中では美がよみがえり *
見る者すべてを惑わせる

その両手に見えるのは
見る者たちから奪った魂
雪花石膏のような指は
佳人という天に輝く星

そのあでやかな姿態にこそ
奥方の魅力は宿っている
その艶姿をどう描こうとも

徒事に終わると知るがいい
41
ここから下は秘すべき美
心に浮かべて鑑賞すべし
たとえ目にしても危うければ
慎むべきは慎むべし

◆作品集第二巻（一六九二年）初収。

＊ エコ［eco］：行末の韻を次行の行頭で繰り返す技法。翻訳に際しては、この技法を訳文に再現することは諦め、内容を訳出するにとどめた。訳註の後に示す原文を参照されたい。

＊1 ガスパルさま：副王ガルベ伯のこと。名をガスパル・デ・サンドバル・セルダ・シルバ・イ・メンドサ［Gaspar de Sandoval Cerda Silva y Mendoza］といった。

＊31 炎の中では美がよみがえり……：副王妃の衰えない美しさを、炎の中で死と再生を繰り返すフェニクスになぞらえた比喩。

El soberano Gaspar
par es de la bella Elvira:
vira de Amor más derecha,
hecha de sus armas mismas.

Su ensortijada madeja
deja, si el viento la enriza,
riza tempestad, que encrespa
crespa borrasca a las vidas

De plata bruñida plancha,
ancha es campaña de esgrima;
grima pone el ver dos marcos,
arcos que mil flechas vibran.

Tiros son, con que de enojos,
ojos que al alma encamina,
mina el pecho que, cobarde,
arde en sus hermosas iras.

Árbitro, a su parecer,
ser la nariz determina:
termina dos confinantes,
antes que airados se embistan.

De sus mejillas el campo
ampo es, que con nieve emprima
prima labor, y la rosa
osa resaltar más viva.

De sus labios, el rubí
vi que color aprendía;
prendía, teniendo ensartas
sartas dos de perlas finas.

Del cuello el nevado torno
horno es, que incendios respira;
pira en que Amor, que renace,
hace engaños a la vista.

Triunfos son, de sus dos palmas,
almas que a su sueldo alista;
lista de diez alabastros:
astros que en su cielo brillan.

En lo airoso de su talle
halle Amor su bizarría;
ría de que, en el donaire,
aire es todo lo que pinta.

Lo demás, que bella oculta,
culta imaginaria admira;
mira, y en lo que recata,
ata el labio, que peligra.

四九（三七）

当代随一の奇跡ドニャ・マリア・デ・グアダルペ・アレンカストレさまの並ぶものなき知性を名声の女神に倣い賞賛する　＊

偉大なるアヴェイロ公爵さま
奥さまのやんごとない才徳は
青銅に彫られて世に伝えられ
碧玉に刻まれて知られております

ポルトガルが誇る最高の名誉であり
その溢れんばかりの英邁な天資は
王家の紋章たる五つの盾に劣らず
祖国の輝きをいや増しております

奥さまは　黄金の血筋に
知徳という七宝を施しております
至高至純の黄金なればこそ
七宝も金色燦然と輝いております

キプロスの玻璃の揺籃に育まれた
美の女神よりもなお美しく
愛の神アモルの母にふさわしい
ルシタニアの海のウェヌスです

ネプトゥノに勝利をおさめて　*
その名をアテナエに刻んだ
知恵と戦いの女神をも凌ぐ
リスボンの崇高なるミネルウァです

ウェヌスにあまたの栄誉をもたらし　*
あまたの不運をパリスにもたらした
あの燃えるような黄金の林檎を
手中に収めうる唯一の女性です

そのすぐれて高逸な筆致たるや
九つの甘美な声色を響かせる
鳴りのいい楽器のようであり
九人の詩女神がひとつになっております

その学識は女性の輝かしい誇りです
男性にも決して劣らぬことを示して
知性に性別は関係のないことを
奥さまは見事に証明しております

文芸の神アポロンの愛娘として
太陽神の寵愛を一身に集め
溢れんばかりの天恵に浴しながら
学芸にいそしんでおります

芸術の聖地パルナソスを統率し

正確に拍子をとりながら
いつ歌い　どこで休むかを
詩女神たちに指示しております

スペインが誇る巫女であり
種々様々な地域にわたる
どの時代の巫女よりも
見識が高く　みやびやかです

奥さまの事績を鼓吹するため
名声の女神は鍛冶の神に
槌を大いにふるわせて
新しいラッパを作らせております

どうか　焦熱焼くがごとき太陽が
容赦なく垂直に日光を放つ
この熱帯の地よりお送りする
私のつたない詩をお聞きください

奥さまの名声は世に響き渡り
遥か彼方までこだまして来ますので
私は木霊となって木のうろから　＊
舌足らずながら反響いたします

奥さまの才徳という磁石には
遠く離れていても引き寄せられ
激しく追い求める鋼鉄のように
柔順に従ってしまいます

ここアメリカから称賛するために
奥さまの聖像の前で香を焚き
また　地球の裏側のこの地に
聖堂と祭壇を建立いたします

下心があって称えているのではありません　＊
親愛するがゆえに称えているのですが

それは学識を称賛しているのであって
血筋におもねっているのではありません

そもそも私のような卑賤な者が
奥さまのような高貴な方を
これほど遠く離れたところで
何のために必要とするでしょうか？

奥さまにお力添をお願いして
議会で支持を集めることも
法廷で弁護していただくことも
私には必要ではありません

親類を贔屓していただくことも
家名を守っていただくこともなく
奥さまのご厚意に甘えて
援助していただく必要もありません

と申しますのも　奥さま
私が生を受けましたのは
黄金にも鉱石にも恵まれた
豊沃なるアメリカです

ここでは　ふだん食べるものは
ほとんど無償で手に入ります
どこよりも肥沃であることを
母なる大地は誇っております

この地に生まれる者たちは
原罪を免れているようです
なぜなら　額に汗することなく
パンが得られるのですから

ヨーロッパこそよくご存知のはず
遥か昔より　飽くことなく
この潤沢な鉱脈から鉱物を

搾り取ってきたのですから

ここの珍味佳肴を食した者は皆
甘美なロトスを口にしたように ＊
自分たちの家に帰ることを忘れ
故郷を蔑むようにすらなります

と申しますのも　この富を前にして
残る者は自らすすんで留まり
去る者は渋々去っていくのが
誰の目にも明らかなのですから

しかも　修道女である私は
清貧の誓いを立てておりますので
どれほど富み栄えていようとも
私にはまったく価値がありません

信仰を船旅に例えるならば
つつがなく航行するためには
帆を高く上げて張る一方で
積荷を少なくする必要があります

なぜなら　心が偏りそうな時
平衡を保とうとするならば
底荷として役に立つのは
奢侈ではなく清貧だからです

うつし世のはかない富など
嵐にでも襲われてしまえば
捨てるより他ないのですから
積み込んでも何の役にも立ちません

このような次第ですので
どちらかを理由にするにせよ
どちらとも理由にするにせよ
奥さまにお願いすることはありません

それにしても　祖国のことを
どれほど愛しているとはいえ
本題から随分と離れましたし
本旨から逸れてしまいました

脱線するのはここまでにして
切れてしまいました話の糸の
端と端とを再び結びつけて
話を本題に戻したいと思います

奥さま　私の意図はほかでもなく
どれほど海に隔てられようとも
奥さまの足元に跪くことであり
おみ足に接吻することです

変わることなく麗しいリシさまは
天の太陽が陰ってしまうほど
燦々と光り輝く笑みを
その尊顔に浮かべておりますが

この私の主人であるパレデス伯爵さまから
（この名を口にするのは畏れ多く
ふさわしい賛辞がないために
ここで私は声が出なくなります

また　この方から私が受けたご寵愛は
その尊影とともに　この魂に
ダイヤモンドのように堅く刻まれ
決して忘れることはありませんが）

奥さまのことをお聞きしました
もちろん　どれほど信仰に篤いかは
世に伝え広めている伝道師の方々から　＊
既に聞き及んではおりますし

また　われらのキリスト教信仰が
あまねく勝利を収めることを願い
どれほど敬虔であるのかも
既に伝え聞いておりましたが

リシさまが　ご存知のように
アマルテアが花を散りばめ　*
愛の神が蜜をまぶした
あの美貌に劣らぬ流麗なお言葉で

奥さまの才徳がいかなるものか
また　どれほどのものかについて
アキレウスを謳うホメロスのように
私にお話ししてくださったのです

リシさまの口でなければ
奥さまのことは語りえません
なぜなら　天使を語りうるのは
天使をおいてほかないのですから

麗しい奥さまを称えられるのは
麗しいリシさましかおりません
美しい人だといって羨まれるのは
神々しいお二人にはそぐいません

そうはいっても　私もまた
実行は容易ではないけれども
どうにも抑えられない願望に
取り憑かれ突き動かされて

蝋ではない羽根をペンに　*
破れやすい紙を翼にして
波を恐れずに海を渡り
空の雲を越えましょう

そして　遥かな遠距離を克服して

（どれほど重いものであっても
軽快に動かすことのできるのが
想像力の素晴らしいところです）
祝福された土地にたどり着けば
ここに口づけをせよと
奥さまのおみ足の跡が
私に手招きをして呼んでおります

私は今　このつたない詩を
私の中で燃えている愛情の
紛うかたない代理人として
奥さまの足元にかしずきます

奥さまにお仕えすることなど
何者でもない私にはできません
しかし　奥さまを称えることで
何者かになれるかもしれません

今後は　この私もまた
奥さまにお仕えする者の数に
加えてくださいますよう
何卒　お願い申し上げます

◆作品集第一巻（一六八九年）初収。

＊　アヴェイロ公マリア・デ・グアダルペ・アレンカストレ［duquesa de Aveyro, María de Guadalupe Alencastre］（一六三〇―一七一五）は、ジョアン二世の末裔にあたるポルトガルの貴族で、ソル・フアナのパトロンだったパレデス侯マリア・ルイサとは親戚関係にあり、当時アルコス公爵と結婚してマドリードに住んでいた。才女として知られ、イエズス会の布教活動を経済的に支援して「伝道の母」と呼ばれた。また、メキシコ北西部の布教活動で有名なエウセビオ・キノ神父［Eusebio Kino］（一六四五―一七一一）とも親交があり、ソル・フアナは同神父のことを五三（二〇五）で称えている。

＊17　ネプトゥノに勝利をおさめて……：アッティカ地方の領有をめぐって、アテナ（ローマ神話のミネルウァ）とポセイドン（ローマ神話のネプトゥノ）が争った際、ポセイドンが塩水の泉を住民に贈ったのに対し、アテナはオリーブの樹を贈って勝利を収め、首府はアテナイと呼ばれるようになった。この神話は「凱旋門解説」（五四）の第二二二行以降に

も見られる。

＊21　ウェヌスにあまたの栄誉をもたらし……：ヘラ、アテナ、アプロディテ（ローマ神話のウェヌス）が美を競った際、判定者となったトロイアの王子パリスはアプロディテを最高とした。パリスが褒賞としてスパルタの王妃ヘレネを略奪したことから、トロイ戦争が起こった。

＊55　木霊となって木のうろから……：ゼウスの妻ヘラの怒りを買って、話し相手の言葉を繰り返すことしかできなくなった森のニンフ「エコー」の神話を踏まえた比喩。

＊65　下心があって称えているのでありません……：「伝道の母」と呼ばれたアヴェイロ公爵に経済的援助を求めて近づく者は後を絶たなかったとされる。

＊98　甘美なロトス［el dulce lotos］：ホメロスの『オデュッセイア』に出てくる、食べると人生の苦悩や悲哀苦を忘れるという果実。

＊151　伝道師の方々……：アヴェイロ公爵は、メキシコ北部のシナロアおよびソノラにおけるイエズス会の布教活動を経済的に支援している。

＊158　アマルテア：ゼウスを山羊の乳で育てたとされる女性で、ゼウスが彼女に贈った「豊穣の角」は花と果物で満たされ、豊かさの象徴とされる。

＊177　蝋ではない羽根……：蝋で作った羽根で天を目指したイカロスを踏まえた比喩。

五〇（一九七）

ソネト

闘牛が騎馬闘牛士の馬を死なせた事故を取り上げて

ルッジェロのヒッポグリフ　＊
美しいガニュメデスの鷲
豪気なペルセウスのペガソス
甘美なアリオンの軽快なイルカ

そんな名馬が息絶えて横たわっていた
鳴りひらめく雷を秘めた
猛々しい半円の鋼を戴いた
姿を変えしユピテルに激しく突かれて　＊

駿馬は強烈な一撃を見舞われて
今際に激しくいないないた
その悲痛な声に私が感じたのは

人間にも劣らぬ心の痛み
獣として手綱を締められる
羞恥に耐える心の疼き

◆作品集第二巻（一六九二年）初収。

＊1　ルッジェロのヒッポグリフ……：「ヒッポグリフ」は、イタリアの詩人アリオストの長編叙事詩『狂えるオルランド』に出てくる鷲の頭と翼を持つ馬の怪物で、主人公オルランドに並ぶ英雄「ルッジェロ」の乗り物。トロイアの美少年「ガニュメデス」は、その美しさゆえに「鷲」に姿を変えたゼウスによって天井へと連れ去られた。「ペガソス」は、「ペルセウス」が退治したメドゥサの血から生まれた有翼の天馬。海上で襲われて海に飛び込んだ「アリオン」が竪琴を奏でると、音楽好きな「イルカ」により救助された。
＊8　姿を変えしユピテル……：フェニキアの王女エウロペを誘拐するため、ゼウスは白い牡牛に姿を変えた。

五一（二〇〇）

折り句形式のソネット

修道女フアナの恩師マルティン・デ・オリバス学士に宛てて　＊

鋭敏な才能が生み出した傑作の数々は
名にしおう発明家アルキメデスに
比類なき天才の称号を与えましたが
その努力と技術は並外れたものでした

類まれなる創意は手ずから
その非凡なる名声を見事に
硬い大理石に刻み付け
紋章を花で飾りつけたのです

ああ　願わくば天にゆるされて
全身全霊であなたに学び

知識の海に沈潜できますよう
12 そして　あなたに学んだ成果として
私の書いたものを読んだ人が
あなたの名を知るほどになりますよう

◆作品集第二巻（一六九二年）初収。

＊　マルティン・デ・オリバス［Martín de Olivas］：一六六七年、ソル・フアナにラテン語を教えた恩師。このソネトでは、ラテン語の授業がアルキメデスの発明に例えられているが、実際に、ソル・フアナはラテン語の知識を通じて幅広い分野の知識を得ることになる。

＊　折り句［acróstico］：このソネトの各行頭の文字をつなげるとマルティン・デ・オリバスの名が現れるようになっている。翻訳では再現不能のため、次に示す原文を参照のこと。

Máquinas primas de su ingenio agudo
A Arquimedes, artífice famoso,
Raro renombre dieron de ingenioso:
¡Tanto el afán y tanto el arte pudo!

Invención rara, que en el mármol rudo
No sin arte grabó, maravilloso,
De su mano, su nombre prodigioso,
Entretejido en flores el escudo.

¡Oh! Así permita el cielo que se entregue
Lince tal mi atención en imitarte,
en el mar de la Ciencia así se anegue

Vajel, que – al discurrir por alcanzarte –
Alcance que el que a ver la hechura llegue,
Sepa tu nombre del primor del Arte.

五二（一八五）

ソネト

フェリペ四世陛下のご訃報に接して　＊

ああ　避けられぬ臨終を迎える時
人間とは何と儚いものでしょう
最期の時にはオリエントの香も
燻るばかりで何の役にも立ちません

偉大なるフェリペ陛下　尊大な死も
陛下にだけは敬意を払いました
誰も死を免れないことを示しつつ
陛下が至高であることを証したのです

陛下はよくご存知です　この肉体が
土に過ぎず　肉体に囚われた魂が
安らぎを求めて激しく戦っていることを

それゆえ　安らぎを求めて天に昇り
土に過ぎない肉体を地上にお残しになって
地上には収まらぬことを示されたのです

◆作品集第二巻（一六九二年）初収。

＊　一六六五年九月十七日、フェリペ四世が逝去するが、訃報がメキシコに届いたのは翌年五月のことだった。ソル・フアナの作品の大半は執筆時期が不明だが、このソネトは執筆時期を確定しうる最も古い作品とされる。当時、フアナはまだ修道生活には入っておらず、侍女として副王妃に仕えていた。

五三（二〇五）

ソネト

八〇年に出現した彗星は凶兆ではないと論じた
イエズス会神父エウセビオ・フランシスコ・キノ
師の天文学に関する英知を称える　＊

満天を清らかな光が照らし
月光が照らし　星辰が照らし
空高く舞い上がる火の粉が
はかない光で照らしても
また　大気を叫喚させながら
発生した雷が天空を照らし
稲妻が蛇行しながら
漆黒の闇を照らしても
蒙昧な人類の知識はおよそ
暗愚に包まれ　有限の翼で
どれほど高く飛翔しようとも
知的なイカロスにはなれませんでした
大賢のエウセビオさま　あなたが
その叡知で天を照らすまでは

◆作品集第二巻（一六九二年）初収。

＊　八〇年に出現した彗星：一六八〇年十一月十四日、ドイツの天文学者ゴットフリート・キルヒ［Gottfried Kirch］（一六三九—一七一〇）によって発見されたキルヒ彗星のこと。十七世紀で最も明るい彗星のひとつとされる。

＊　エウセビオ・フランシスコ・キノ［Eusebio Francisco Kino］：トレント出身のイエズス会士（一六四四—一七一一）。数学・天文学・地図製作に長け、伝道所設立の命を受けてヌエバ・エスパニャに向かう途中、カディスでキルヒ彗星を観測して『彗星の天文学的解説［*Explicación Astronómica del cometa*］』を著した。ただし、ソネトの題辞とは異なり、彗星を災厄の前兆とみる俗信を否定していないとされ、ヌエバ・エスパニャのイエズス会士カルロス・デ・シグエンサ・イ・ゴンゴラが迷信を払拭しようとして公表した『彗星観に論理的に反対する声明

［*Manifiesto philosófico contra los cometas* ］』を反駁したものだと受け取られたため、シグエンサ・イ・ゴンゴラはさらに『天文学の天秤［*Libra astronómica*］』を発表してキノ神父に反論したとされる。いずれにせよキノ神父は、ソル・フアナのパトロンだったパレデス侯マリア・ルイサの親戚であり親友でもあったアヴェイロ公の庇護を受けていた人物であり、この詩自体は大仰な外交辞令としての性格が強い。四九（三七）も参照のこと。

五四

凱旋門解説 ＊

やんごとなき陛下　この私が
陛下に庇護を祈願いたしましても
そのあまりにも神々しい光に
恐れおののくことがなければ

また　これほど重大な主題が
この私に委ねられたわけですが
偉大な陛下を称えるという任務に
わが詞藻が耐えうるのであれば

また　まばゆいばかりに輝く陛下に
無謀を冒して近づきましても
強く引きつけられる　その光に
焼尽することがなければ

13 まことに粗雑ではありますが
陛下の輝かしい栄誉の数々を
誠心誠意　歌い上げましたので
どうかお付き合いくださいませ

17 この凱旋門は技巧を凝らして
作られておりますが　それは
奇を衒うことを目的としたからではなく
陛下への愛を形にした結果であります

21 また　天にも届くほど高いのは
他ならぬ陛下をお迎えするという
大変な名誉にお応えするために
愛情を込め知恵を尽くしたからです

25 また　色彩を言の葉に代えて
無言ながら　キケロのように雄弁に　*
デモステネスのように能弁に
陛下の栄誉を広く知らしめております

29 大空を探検するかのように聳え
知覚できないほどの高みで
汚れなく計り知れない神秘を
探求しようと屹立しております

33 この門は　天上の望楼として
論理的に考えるならば
太陽が放つ光線を一条ずつ
数えることさえできるでしょう

37 この門は　パネルのプロメテウス　*
図像のダイダロスと言えますが　*
火を盗んでも罰せられることなく
舞い上がっても危うくありません

この門の至高の頂は
オリュンポスの高峰と同じく
風に乱されることもなく
雷に煩わされることもありません

この門は　その高さゆえに
あまたの形容を誇っておりますが
陛下をお迎えすることで
ついに至高のものとなりました

首都メキシコ市の大聖堂は
この門を陛下に捧げ
これより愛に導かれて
陛下にお仕えいたします

新世界の迷える羊たちが
その笛と杖によって導かれ
おとなしく従っております
聖なる牧者さまとともに　＊

（その様子は神ながら正しき人として
神であることを捨てることなく
人に仕えて見事に責を果たした
アドメトスの羊飼いにも劣りません）＊

また　学識の花が咲き誇り
美徳の実がたわわに実る
まさに両道に秀でた
高徳な市議会とともに

それでは　寓意をご説明する間
しばしご高配を賜りますが
陛下をお慕いする気持ちに免じて
どうかご寛恕くださいますよう

一

門の中央を堂々と飾っております
あちらの寓意画には
アペレスに勝るとも劣らぬ画家の　＊
見事な筆遣いによって
銀の川が白銀の波となって広がる
美しい海原の様子と
海の神として君臨する
ネプトゥヌスが描かれております
この聖なる神には
諸海の父オケアノスが祭壇を捧げ
その紺碧の三叉の矛を前にして
（かつては　難船した哀れな船乗りを
その咆哮で恐怖に陥れた）荒波も
弓なりの波頭を深々と垂れ
今では軛をかけられて
おそるおそる鳴き恭しくうめいております

そのガラスの背の上で養われている
海の世界の者たちは
この大海の支配者を慕い
賑やかにもてなすとともに
様々な形で華やかに
高い美徳を表現しております
これらの美徳は相和して
しなやかな黄金の円環となり
美しい徳を連ねた七宝の鎖となって
その首を飾っております
このパネルは偉大なる陛下が代々受け継ぎ
また自ら成し遂げられた偉業を
誉れ高い家柄を
不十分ではありますが表しております
君主に求められるあらゆる美徳を
陛下は備えておられます
陛下が唯一無二であればあるほど
美徳はいや増すことになるのです

二

右手のパネルには
神々が力を振るえば
大事業も可能であることが
浸水した都市に示されております
神々の女王ユノから
救護を乞われたネプトゥヌスが
その名高き三叉の矛で
紺碧の怪物を傷つけるや
海水は瞬く間に汀線まで
引き下がりましたが
建設された当初から
猛る海洋の脅威にさらされてきた
アメリカの副王領の首都もまた
他ならぬ陛下の御手で
海水による侵食から庇護され
平穏な地になることを望んでおります

三

あちらに見えますは
さまよえる浮島デロス ＊
祖国も異国もないほどに
常に波間を漂っておりました
ところが　海神ネプトゥヌスが
触れるや否や
島はしかと固定され
波も風も泰然と受け流すほど
不安定な地は安定し
天上の二つの光が生まれましたが ＊
この島にはメキシコが象徴されております
湖上に浮かぶ　この都は
蒙昧な異教徒が浅はかにも
揺らめく水上に創建したもの

とはいえ　人智の及ばぬ摂理によって
ヴェネツィアにも劣らぬ美しさ
ラ・ラグナさまにお仕えするとは
当初は誰も想像しておりませんでした
ところが　ここではどこにも増して
月は白銀となり　日は黄金となって　*
夜の輝きや日の光に負けじと
陛下の足下にひざまづいているのです

四

あちらでは　慈悲を知らぬギリシア人が
哀れなトロヤ人を追い回しております
血気にはやるギリシア人が
詐術を弄するであろうことを予感し　*
剣が放つ火花に
火難の近いことを予見したため
聳える壁を建設して
これに備えようといたしましたが
甘美な音色とともに築かれたものは　*
轟く砲声に崩れ落ちました
調和が作り上げたものを
不和が打ち壊したのです
あちらでは　猛々しいアキレウスが
アイネイアスに襲いかかり
稲妻の矢を射掛けております
その激しさに　心優しいトロイアの将も
あやうく血の気を失って倒れ
麗しいラウィニアを娶らず　*
ローマの王にもならず
マロの歌にもならぬところでした
しかし　風神でもあるネプトゥヌスが
雲を遣わせてウェヌスの子を隠し　*
テティスの子の攻撃から
みごとに救い出したのです
忘恩のトロヤに憤りながらも

より深い慈悲を持って対処したのは
侮辱にも慈善をもって応えるのが
神の崇高な務めだからです
陛下は　このような徳もお備えです
偉業だけが歓心を買うのではありません
太陽のような陛下であればこそ
様々な理由で万人に慕われているのです

五

反対側のパネルは
海も風も恭しくつき従う
水泡の神ネプトゥヌスこそ
真の勇者であることを表しています
勇猛の象徴である棍棒を手にした
猛々しいヘラクレスの剣ではなく
人を前後不覚に陥れ
獣となして暴れさせるという
無知が引き起こす激情を恐れて逃げ惑う
賢者のケンタウロスたちを
優しく庇護し　これによって
多くの命を救っております
陛下に備わった徳の中でも
これはすぐれて高邁な理念です
陛下は　きわめて慈悲の深い
文芸の最高の保護者にあられます

六

あちらでは　透明な玉座で
いるか座が輝いております
生ける船となって運んだ
遭難者アリオンの美声は　*
その甘美な音色で
非情な死の女神を無力にしました
哀れで痛ましい歌声に海も耳を傾け

運命の女神も心を動かしたのです
いるかはまた　野生でありながら
海のキケロでもあり　雄弁な弁士として
麗しく貞淑なアムピトリテに　＊
ネレウスの海原を治める
海神の愛を受け入れ
結婚という甘美な軛につくよう説得しました
常にやんごとなく公正に報いる神は
この功績を称えて
明るい星の中でも
特に美しい九つの星を選び出し
きらめく星座となしました
その様子は　かつて住まいだった海も
今では輝きを反射する
鏡に過ぎないほどのものです
このようなネプトゥヌスの処遇こそ
まさに範とすべきものならば
寛大でやんごとない陛下におかれましては
異教の偉大な海神をまねびて
悪行には処罰を半ばにとどめ
善行には倍して報われますよう

七

反対側のパネルに見えますは
体は一つながら二度懐胎され
一度も産み落とされることのなかった
勇猛なる女神ミネルウァ　＊
武器と学芸を考案しましたが
ここでは　女神が敬愛する海神と　＊
見事に競った様子が描かれております
太陽がみなわに消える大海原は
女神の勝利を称えて
白銀の泡を飾った靴で
海水を踏みつける王者の足に
暗緑の唇でくちづけをしております

海神が三叉の矛で生み育てた
鎧に身を固めた猛々しい獣に対し
いつも穏やかで堂々たる女神は
母なる大地を割ると
平和の象徴である
緑のオリーブを生い茂らせ
その実を圧搾して
夜には明かりとなって勉励を助ける
あの素晴らしい液体を贈り
互角に競い勝利を収めたのです
神々は勝負を判定して
平和の象徴をよしとし
水の神は敗北を喫するのですが
敗北は勝利だったともいえます
なぜなら　海神が称えた
美しく賢い勝者は自身の娘であり　＊
知恵の女神に屈することは
自身の英知に屈することなのですから

しかし　陛下が父祖より受け継がれた
武勇の誉れはあまりにも高く
その頭上にはもうこれ以上
勝利の月桂冠を戴く余地はありません
また冠では畏れ多いため　かわりに
エメラルドの絨毯を準備いたします
そうすれば　どれほど栄誉が増しても
陛下は勝利を足にすればよいのですから
知力に屈することができるのは
陛下の気高い武勇しかありません
これを超える武勇があるとすれば
それは陛下の英知にほかありません

八

中央上部に高々と
掲げられておりますパネルは
門の最上部から

寓意全体を補足しております
賢明なる海神は
不実なラオメドンのために　*
テーベにも劣らぬ高い市壁を
神聖かつ熟練した腕で建造しました
その比類のない壮麗な建造物を見た
賢明な古代の人々は
このような徳行に感謝して
建築の神と称えたのです
ネプトゥヌスのごとく賢明で
やんごとなき陛下
子を思う親のようなご高庇の下
私どもの大願が成就され
帝都メキシコのこの上なく輝かしい
奇跡の大聖堂が　どうか落成されますよう
そして　陛下をお迎えするにあたり
あふれる思いほどには
大きなものではありませんが

と申しますのも　僭越ながら
豪奢を極めるのは避くべきこと
真心をこそ示すべきと存じますゆえ
ささやかではありますが　忠愛のしるしに
この凱旋門をもって歓迎いたします
どうぞお入りください　もっとも
長年にわたって建立された
この宏壮な大聖堂であっても
陛下の広大な雅量は収まりませんが
ネプトゥヌスの像も大き過ぎて
神殿に収まらなかったといいますから
澄み渡る天空が星降る天井となって
陛下を覆うしかなくても不思議はありません
陛下の大きさには大聖堂は小さすぎますが
どうぞお入りください　お慕いするあまり
愛という斑岩を材として　心の中に
より大きな聖堂を建立いたしました
陛下の偉大さとは観念的なものですから

非物質的な聖堂を捧げる次第です
ローマ・カトリック聖母教会による修正に服従いたします ＊

神に栄光あれ
また　無原罪の
聖母マリアにも
また　聖ヨセフにも

◆作品集第一巻（一六八九年）初収。

＊　凱旋門：一六八〇年十一月三〇日、副王として赴任したラ・ラグナ侯を歓待するため、メキシコ市はソル・フアナとカルロス・デ・シグエンサ・イ・ゴンゴラ［Carlos de Sigüenza y Góngora］のそれぞれに凱旋門の製作を依頼する。凱旋門の意匠について、ソル・フアナは散文『ネプトゥヌスの寓意［*Neptuno Alegórico*］』で詳細に説明しているが、この『凱旋門解説』は韻文で概要を示したもの。

＊26　キケロのように……：古代ローマの政治家キケロ（前一〇六–前四三）も、古代アテネの政治家デモステネス（前三八四–前三二二）も、ともに巧みな弁論術で知られた雄弁家。

＊37　プロメテウス：ギリシア神話のプロメテウスは、粘土で創った人間に天上の火を盗み与えたため、ゼウスに罰せられた。

＊38　ダイダロス：ギリシア神話の名工ダイダロスの息子イカロスは、ミノス王の怒りに触れて父とともに迷宮ラビュリントスに幽閉されるが、人工の翼をつけて脱出した際、父の命に背いて高く昇りすぎたため翼が太陽の熱で溶け、墜死した。ここでは、凱旋門が太陽に達するほど聳えているという意味の比喩。

＊56　聖なる牧者：メキシコ市大司教（在位一六六八–一六八一）のパヨ・エンリケス・デ・リベラ［Payo Enríquez de Ribera］のこと。第二七代ヌエバ・エスパニャ副王（在位一六七三–一六八〇）を兼任した彼は、ソル・フアナのよき理解者でもあり、彼女を後任のラ・ラグナ侯爵夫妻に紹介している。

＊60　アメドトスの羊飼い：アポロンはゼウスの雷を作っていたキュクロプスたちを殺したため、罰としてテッサリア地方ペライの王アドメトスに一年間、羊飼いとして仕えた。

＊71　アペレス：「コス島のアペレス」と呼ばれる、前四世紀頃に活躍した古代ギリシアの有名な画家。

＊120　さまよえる浮島デロス：ゼウスの子を身ごもったレトに嫉妬したヘラは、出産する場を提供してはならないという命令を下す。これを見たゼウスは、エーゲ海に浮いていたデロス島を固定して出産の場とし、ヘラの目を逃れるためにポセイドンに依頼して島を高い波で隠した。

＊128　天上の二つの光：太陽と月、すなわちレトが生んだアポロンとアルテミスのこと。

＊138　月は白銀となり……：月光は銀を、日光は黄金を生み出すと考えられていたことを踏まえて、メキシコは鉱物資源に恵まれているという意味。

＊144　詐術を弄する……：トロイアの木馬のこと。

＊149　甘美な音色とともに築かれたもの：トロイアの防壁は、アポロンが奏でる音楽に合わせてネプトゥヌスが築いたとされる。

＊158　麗しいラウィニアを娶らず……：アイネイアスはトロイアが陥落するとイタリア半島に逃れ、ラティウムの王女ラウィニアと結婚して、後のローマ建国の祖となったとされる。「マロの歌」とは、この伝承を壮大な叙事詩に歌ったプブリウス・ウェルギリウス・マロの『アエネイス』のこと。

＊162　ウェヌスの子……：アイネイアスは、トロイア王家のアンキセスと女神アプロディテ（ローマ神話のウェヌス）の息子。アキレウスは、プティア王のペレウスと女神テティスの息子。

＊192　アリオン：ギリシア神話の竪琴の名手アリオンは、船上で船乗りに襲われるが、見事な演奏を聞きつけて集まったイルカに救出された。

＊199　アムピトリテ：アムピトリテは当初ポセイドン（ローマ神話のネプトゥヌス）からの求愛を避けて身を隠すが、ポセイドンの命を受けたイルカが彼女を発見し説得したため、ポセイドンはアムピトリテと結婚できたとされる。

＊220　ミネルウァ：ゼウスの最初の妻メティスがアテナ（ローマ神話のミネルウァ）を懐胎した時、母に似て知恵と勇気を備えた女神になるとともに父の王権を簒奪するとの予言を受ける。これを恐れたゼウスはメティスを飲み込むが、激しい頭痛に襲われるようになったため、プロメテウス（あるいはヘパイストス）に斧で自分の頭頂部を割らせると、成人したアテネが武装して出てきたとされる。

＊222　女神が敬愛する海神と見事に競った……：アテナ（ローマ神話のミネルウァ）とポセイドン（ローマ神話のネプトゥヌス）がアッティカ地方をめぐって争ったため、オリュンポスの神々は住民にとってより好ましい贈り物をした方に支配を委ねることにする。ポセイドンが三つ叉の矛で地を打って海水の泉を湧き出させたのに対し、アテナは槍で地をついてオリーブの木を生じさせた。神々はアテナに軍配をあげ、アテナはアッティカ地方の守護神となり、首府はアテナイと呼ばれるようになったとされる。なお、ここでは海神の贈り物が海水の泉ではなく、海神の聖獣のひとつである馬（鎧に身を固めた猛々しい獣）になっている。

＊244　美しく賢い勝者は自身の娘……：ユピテルの娘とした前出の比喩とは矛盾するが、ここではミネルウァをネプトゥヌスの娘とする伝承が採用されている。

＊264　不実なラオメドンのために……：ポセイドン（ローマ神話のネプトゥヌス）とアポロンが人間に姿を変えてトロイアの王ラオメドンの傲慢さを試したところ、王は神々を酷使してトロイアに城壁を築かせた上に、報酬を払わずに追い払った。

＊　ローマ・カトリック聖母教会……：以下、原文はラテン語で〈S.C.S.M.E.C.R.［Sub correctione Sanctae Matris Ecclesiae Catholicae Romanae］〉および〈LAUS DEO, / Eiusque Sanctissimae Matri / sine labe conceptae, / atque Beatissimo Iosepho.〉となっている。

諷刺詩・滑稽詩

五五（二二四）

オビリェホ ＊

滑稽かつハシント・ポロ風の調子で美女を描く ＊

この世のものとは思われない
美しいリサルダさまを
さらりと　この筆と手で
描いてみたくなったのですが
私などが奥さまの美貌を描くのは
たしかに向こう見ずなこと
生まれてこのかた描いたこともなければ
青と赤の区別もつかず
定規も　絵筆も　濃淡も
道具も　仕上げも　手直しも知らないのですから
好奇心から描いてみたくなったけれども
わが詩女神よ　この辺りでやめて
専門家に任せましょう
とはいうものの　描いてみたい気持ちが
私の判断を鈍らせ　少しも私を放さず
誘惑するだけでなく　私をつねり
うずうずさせ　むずむずさせ
突っついたり　小突いたり　ひっぱたくのです
　という次第で　やはり描いてみようと思います
何がどうなっても構いません
たとえ出来上がってから
「これは猫」と題することになったとしても
それに私が初めてではありません
美女を描こうとして
春や太陽から拝借したり
いろいろな花を煎じて
充分に蒸留し
美を凝縮したつもりなのに
熱湯が冷めてみれば
薔薇水どころか青汁を作ったとしても
とはいえ　色彩をくすねるつもりはありません

ですから　花たちよ　どうぞ寛いでください
私の詩女神は美しい奥さまを
花束にするつもりはありません
とはいうものの　はや鉱脈も枯れ
色とりどりの花壇もないとすれば
百花繚乱の肖像画を
どうやって描いたものでしょう?
　なんとも不幸で哀れな時代です
あらゆる手が使い古されているのですから
語彙にせよ　語義にせよ　語句にせよ
目新しいものはなく
批評家にはこう言われる始末
「それなら　もう先人が使ってるよ」
いにしえの詩人が羨ましい限り
まだ裁断する布地が手元にあり
曙やら　陽光やら　光輝やら　花やらで
詩想を飾ることができたのですから
当時は日の光も新しくてまばゆいばかり
その輝きに並ぶものはなく
素晴らしい髪だと言いたければ
黄金の陽光と言えばよかったのですから
というのも　黄金に輝く星も
（ああ　甘美な光よ　見つけるのが遅かった　＊
神に愛でられていた時には　甘く明るかった）
と称えられた時には　まだ
明眸に喩えられることは新鮮でしたが
今や比喩として使おうものなら
ガルシラソが佗しいところで
むごい扱いを受けている　などと
必ず評論家に辛辣なことを言われる始末
とはいえ　才を競うどころか
むしろ怒らせるのが落ちですので
先ほどの二行は削除して　先に進みましょう
　さて　先人の間では　珊瑚は
まだ臙脂とともに唇にありましたし　＊
真珠は澄んだ光沢を放ちながら

歯となるよう互いに教えあっていました
ですから　真珠が歯なら自分は口だと
あこや貝が主張するのももっともです
美女が貝のように口を閉ざすのは
これが理由に違いありません
それにしても　その宝石の数ときたら！
目鼻が三千万もの貴石からできているのですから
美女とは宝飾店に他なりません
　こんな具合に詩作も楽なものでしたが
今の不幸な時代にあっては　こうはいかず
難儀もいいところです
百合も　薔薇も　カーネーションも
時間とともに　はや萎れ
庭にあるのは湿気や虫ばかり
そんなものに囲まれて
美女もうんざりしていますので
もう我慢することなどやめて
隠遁したいくらいです
こういう次第ですから　しがない詩人は皆
おそらく何のためらいもなく
時代遅れの服の丈を詰めて
上着を胴着になおしたり
寄せ集めの端切れから
継ぎ接ぎだらけのズボンを仕立てるように
ほころびや継ぎ当てだらけの美女を
傑作だと騙って売りつけようとします
借り物だらけの詩人が考え出した
くたびれた比喩に　どんな意味があるのでしょう？
このような詩人は無駄に器用で
驚くほどずる賢く
あらゆる知識や技術や経験を駆使して
美女を詩に仕立てるのですが
天上の美しさを表したつもりでいても
自分の苦しさをあらわにするだけなのです
　彼らは私にこう言うでしょう
どうして非難するのかと

分かってもいないのに言い過ぎではないかと
でも　それゆえにこそだとお答えしましょう
自分が何を言っているのか分からないから
非難したり反対するのです
ただ　腹立たしいことがあれば言ってください
その自由はありますから
何か言われたからといって
私はへこたれませんし
魂を奪うなんてこともありません
魂は大事にしまって
好きなことをしてください
苦労したい人だけが読めばいいのです
そして　読んで不快でしたら
酷評して憂さを晴らしてください
他人の結婚のようなもので　＊
私は少しも気にしません
今　結婚と言ったのがいい証拠です
韻を踏むためだけに使ったのです

もっといい語を思いついたら
私が許可しますから
どうぞ取り替えてください
　それはそうと　私の大作に話を戻すと
リサルダの肖像画ときたら
難攻不落もいいところです
女性ですから悪いことではありません
でも　約束は果たさなければなりません
たとえ手がひん曲がっても
必ずや仕上げましょう
筆をしっかり握って　神よ　ご加護を！
肖像画のはじまりはじまり
皆さんも「神のご加護を」くらい言ってください
文芸の神アポロンが力添えをする
このやくざな詩才が
あらゆる手口を駆使して
あのつまらない詩想の
ハシント・ポロ風に仕上げましょう

見事にくすねてきたと言われるほどに！
　リサルダは……　ええと……　リサルダは……
困りました　リサルダが誰なのか知らないのです
私は何でも引き受けますが　描くと約束したのは
容姿であって素性ではないのですから
という訳で　かくも無粋な「ええと」よ
用紙を「ええと」で満たしましょう
あらやだ　なんてひどい書き出しでしょう
実は「はじめに」と言うつもりだったのですが
「はじめに」では韻が踏めないと
すぐに思い返したのです
舌がうまく助けてくれないせいで
失態を演じました　ご容赦ください
あら大変！　聴衆の皆さんが
待ちわびた挙句に
待ちくたびれているかもしれません
でも　辛抱強く待つことができず
長くて鬱陶しいと思うのでしたら
どうぞお引き取りください　もう充分です
私はひとり残ってひっそりと
もっと落ち着いて創作しますので
　では　髪の毛から始めましょう　皆さん静粛に
ここでは巻き毛を描かないといけない訳ですが
ぴたりとはまる比喩が思いつきません
母よ　こんな私をお許しください！
「太陽の光」？　今では使い古されて
新しい詩論からは削除されています
「甘き窮地の　愛の神の弓の弦」？ ＊
正確にはたてがみと呼ぶべきでしょう
たしかに　幸運の女神の髪をつかめたなら ＊
どんなに素晴らしいことでしょう！
でも　そんな好機は既に過ぎ去り
髪も抜かれてすっかりはげ頭
頭がつるつるなのですから
髪の毛も本物ではありません
ですから　幸運をつかんだと思っても

手にするのは幸運ではなく　かつら
さて　推敲を重ねてきましたが
わが詩才よ　まだ何が残っているかしら？
　私の話が宙ぶらりんのままですから
ここはアブサロムの髪がいいでしょう　＊
でも　茂みにはまりたくはありませんし
聖書に詳しいふりをしたくもありません
「リサルダの髪」のままがいいでしょう
これにすぐる称賛はないのですから
では　宙吊りから降りて額に移りましょう
継ぎ目から出られなかったなら
茂みの中で迷子になるところでしたが
神のご加護で明るいところに出てきました
さて　この額というのが
恩賞地のように広大で
美しく傷ひとつありません
畝があるのではと思われるかもしれませんが
この恩賞地は天のものですから
どうかご心配なく
皆さんが何を考えているか当てましょう
天を持ち出すほど高尚になって
文体が滑稽ではなくなってきたではないか
そうではありませんか？
でも　私の意図は別のところにあります
私が想起したのは天球ではありません
私の平俗な文体はもっと手近なところに
別様の天を見つけたのです
美しい人なら誰でも
天をふたつ持っているのです
どういうことか？　一つは口　もう一つは額です
おやまあ　いい感じに修正できました！
　それでは　眉は弓〔arcos〕にしましょうか？
空色〔zarcos〕と韻を踏むのでやめましょう
それに　あの美貌を空色で描いたりなどしたら
リサルダは悪魔のように怒り出して
これほど酷い偽証をするのは

悪魔以外にはいないと言うことでしょう
でも　私は偽証することにします　この点で
私は立派な肖像画家だと認めましょう
肖像を美しく誇張できなければ
画家になる最終試験には通らないのですから
ということで　弓にしました
でも　クピドの弓や
嵐の後の虹だとは思っていませんか？
違います　溢れる感情に涙を運ぶ
水道橋のアーチです
その証拠に目がふたつあるではないですか
この比喩を思いついた人はいるでしょうか？
古くて陳腐だと言われるでしょうか？
でも　思いついた以上そう描くことにします
たとえアーチをかける詩行がなくても
私が二度と口に出さなければ
読者も忘れることでしょう
　続いては目に移りましょう

わがタレイアがつっかえても笑わないでください　＊
美女の瞳の妖艶な魅力を描くのは
ドーナツを揚げるのとは訳が違うのですから
それにしても　これほど見事な朝焼けに
ふさわしい比喩など
良心に誓って見当たりません
おっと！　危うく「太陽」と言うところでした
口にしようものなら通俗の極みです
アポロンよ　その光から私をお守りください　＊
光を乱用する者が照明派として　＊
処罰されるのを見たことがあります
太陽の光を見ると私は怖くなって　＊
自分のふたつの光から涙を流すほどです
太陽の誘惑は光り輝く名家にこそふさわしいもの　＊
私のところではなく　山の方に行ってください
どれほど額を叩こうとも
どれほど爪を噛もうとも
どうしても　適切な比喩が見つかりません

「見たことがあるだろうか」や「それはまるで」は
どこにいったのかしら？
何かを喩える時には　いつも元気に文頭に来るのに
昔は「見たことがあるだろうか」があったのに　＊
今では「それはまるで」もありません
もう　そういうものなしで静かにやりましょう
なしにしたところで美しさは失われませんし
美の泉であることにも変わりありませんし
何から何まで喩える必要もないのですから
それに　比べようのない美女の目は　＊
そろそろマザーの手を離れるべきです
娘をいつまでも深窓にとどめおくのは
非道なことなのですから
結局　円積問題に解を求めるようなもので
ぴったりの比喩はないのです
　続きまして〔siguese〕「鼻」ですが
見事にまっすぐ〔seguida〕ですので　これで完成です
というのも　幾何学者にすら理解できないほど
ひどくひん曲がった鼻もあるくらいですから
では「頬」〔mejillas〕に移りまして
韻を踏むなら「見事な」〔maravillas〕になりますが
そうやって頬を花たちの教師に仕立て上げ
「私に学べ」と言わせたくはありません　＊
もっとも　私の罪を白状しますと
「深紅の臙脂」にはいささか惹かれましたが
ここでは使いたくありません
彼女が望むのであれば　自腹を切るべきです
身銭を切って化粧してあげるなど
ばかばかしいではないですか
さて「頬」ですが　たしかに薔薇に見えるものの
実は肉でして　それ以外のものではありません
　続きましては　何ということでしょう！
「口」の比喩になろうとして
曙の女神アウロラが私に目配せをし
東洋は真珠を見せて私を誘惑するではありませんか
でも　私を見つめたところで無駄です

大海の一滴ほども私は気になりませんので　＊
実際　とても奇麗な紅色をしていて
まるで干し肉のようです
これはわれながら上手いことを言いました
赤い色をしている上に
口振りに味わいがあるのですから
お分かりですか？　私もたまには
絶妙な比喩を考えつくのです
名人だって同じことで　比喩とは
ふとした折りに思いつくものなのです　＊
ただ　こういう比喩は品がない
そう感じる方がいるようでしたら
(自信のある詩女神よ　誰か教えて)
臙脂虫やカーネーションにしますか？
でも　口にしてみてください
苦くて全部吐き出すことになりますよ
いずれにせよ　わが霊感よ
この「口」のくだりは寒すぎます

私も罪を認めますし
筆も少し疲れてきました
でも　ここまで寒くなったのですから
この寒さで降った雪を「喉」に使うことにしましょう
その喉はあまりにも白く冷たく
アイスのように甘い声がします　＊
　今度は　一歩一歩　歩を進めながら
「手」が「手近」にやってきました
ここは　特に注意しないといけません
雪をすべて使ってしまったので
彼女が誇るあの白さを表そうにも
コップ一杯分すら残っていないのです
こうなった原因は他でもありません
塩がなかったのですぐ溶けてしまったのです　＊
　とはいえ　肖像を描いているのですから
聖母にかけて少しお待ちください
ペン先を削りながら
少しばかり休息します

それに　実を言えば
休んでいると想像力が働き
あの「手」にぴったりの比喩を思いつくのです
ああ　リサルダの名がメンガだったなら！
すばらしい掛詞を思いついたのですが
名前が違うので諦めましょう
リサルダという名は変えられないのですから
私は本当についていません
時間は常に足りませんし愚痴はここまでにして
「手」の描写に手をつけましょう
　それでは「右手」から始めましょう
もちろん「左手」も劣らず美しいのですが
下塗りのことを第一手といい　＊
第一手といえば右手のことなのですから
右手がこの上なく白く美しいのは
それが象牙や白銀でできた
空想に過ぎない彫像ではなく
生身の手であるからです
しかも　たしかに美しいのですが
右手の主は使い方を熟知していて
その輝きではなく　その握力を
見事だと絶賛しているのです
さて「左手」も負けてはおりません
右手の右に出るほどではありませんし
いささか左向きではありますが
美しさの点で劣る指はありません
ここでまたひとつ
絶妙な比喩を思いつきました
当然といえば当然ですが
両手はまさに左右の手のごとし
　このような喩え方は
つまらないと言う人がいましたら
その批判には　こうお答えしましょう
世間で何と言われているかご存知ないと
というのも　自然が美女を世に送り出す時
どこか欠けるところを作ることがありますが

けばけばしいだけの美女というのは
もの足りないというより頭が足りません
　いよいよわが詩女神も本腰をいれて
あの細い「腰」を描く時を迎えました
でも　奇抜なことをする必要はありません
わずかな言葉で言い尽くせます
「腰」はあまりにも細いので
一筆描けば完成するのです
　「足」は見たことがありません
ですから　普通に描いてしまうと
嘘をつくことになります
わが詩女神も靴屋ではありませんので
足のサイズが分かりません
でも　軽やかに歩く様子からすると
随分と小さい足に違いありません　*
というのも　皆さんもご存知の通り
長句であれば足取りは重くなりますから
　装いも美しさの一部ですから
お召し物にも触れておきますと
見事に着こなしているため
どれほど優雅で上品な衣服も
晴れ着か普段着かを問わず
並ぶものはありません
おしゃれも　気品があるのに気取りはなく
気にしていないようで行き届いています
そんな美女が入念なのに気取らぬ様子で
スカートを引きずって歩くと
地面の埃と一緒に
見る者の心をくっつけていきます
そして　髪の毛をかきあげると
その豊かな髪に耐えかねたかのように
髪の毛をかきあげると
現れるのは天空のような……　*
危うくルールを破りそうになりました
でも　破ったところで何か問題があるでしょうか?
神の法を破ったのではないのですから

誰も騒いだり驚いたりはしません
とはいえ　皆さまさえよろしければ
肖像を描くのもそろそろ終わりにいたします
私も疲れてきましたし
お代がいただける訳でもありませんので
二十歳になった五月に
ファナ・イネス・デ・ラ・クルスが描く

◆作品集第一巻（一六八九年）初収。

＊オビリェホ［ovillejo］：一般的には八音節三行と四音節（または五音節）三行にレドンディリャ（八音節四行詩）を加えた十行詩を指すが、ここでは七音節と十一音節を自由に組み合わせながら二行づつ押韻していく詩型で、現代ではシルバの一種（silva de consonantes）とされている。

＊ハシント・ポロ［Jacinto Polo］：サルバドル・ハシント・ポロ・デ・メディナ［Salvador Jacinto Polo de Medina］（一六〇三－一六七六）はスペインの詩人。「アポロとダフネの滑稽な神話」［Fábula burlesca de Apolo y Dafne］など、ユーモラスな作風で人気を博した。

＊54　ああ　甘美な光よ……：原文は〈¡Oh dulces luces, por mi mal halladas, / dulces y alegres cuando Dios quería,〉。スペインの詩人ガルシラソ・デ・ラ・ベガ［Garcilaso de la Vega］（一五〇一－一五三六）のソネット十番からの引用。ただし、ガルシラソでは「光［luces］」ではなく「形見［prendas］」となっている。なおこのソネットは黄金世紀を通して大きな影響を持ち、例えば『ドン・キホーテ』後編第一八章ではドン・キホーテが引用している。

＊66　まだ臙脂とともに……：原文は〈se estaba con la grana aún en los labios〉。まだ未熟で世間知らずであることを意味する熟語〈estar con la leche en los labios［唇にミルクがついている］〉を踏まえた地口。

＊118　他人の結婚……：原文では〈y allá me las den todas, / pues yo no me he de hallar en esas bodas〉。〈todas〉と〈bodas〉が韻を踏んでいる。

＊167　甘き窮地の……：原文は〈¿Cuerda de arco de amor, en dulce trance?; / eso es llamarlo cerda, en buen romance.〉。〈cuerda〉と〈cerda〉が比較されているが、〈cerda〉はソル・フアナの支援者であるラ・ラグナ侯爵の姓セルダ［Cerda］も踏まえている。

＊169　幸運の女神の髪：好機は後からでは掴めないことを表して、幸運の女神には後ろ髪がないとされている。

＊179　アブサロムの髪：アブサロムは古代イスラエルの王ダビデの三男。ダビデに叛旗を翻して敗走した際、アブサロムは自慢の長い髪が木の枝に引っかかり、森の中で宙吊りとなった（旧約聖書『サムエル記』）。

＊230　タレイア：ギリシア神話の九人の詩女神の一人で、喜劇と牧歌を司る女神。

＊238　アポロンよ……：太陽神アポロンが詩の神でもあることを踏まえ、目を太陽にたとえるという通俗的な比喩に堕することのないよう祈願している、という意味。

＊239　照明派［alucinados］：照明派とは、十六世紀のスペインで異端とされたキリスト教の一派。ちなみにその一人で、後にルター派に転じて焚刑に処せられたアグスティン・カサリャ博士［doctor Agustín Cazalla］

（一五一〇―一五五九）について、ソル・フアナは自伝的な書簡「ソル・フィロテアへの返信」で次のように言及している。「こういう人たちにとっては、［…］勉強することは害になります、［…］悪辣なルターやその他の異端の創始者たち、そのひとりである我らの博士カサーリャ［…］などの手の中では」（『ソル・フィロテアへの返信』旦、一三四―一三五頁）。

＊241　太陽の光を見ると……：原文は〈y temerosa yo, viendo su arrojo, / trato de echar mis luces en remojo.〉。〈Cuando la barba de tu vecino vieres pelar, echa la tuya a remojar.［隣人が髭を剃られるのを見たら、自分の髭を濡らせ］〉という諺を踏まえた地口。

＊243　太陽の誘惑は……：原文では〈Tentación solariega en mí es extraña; ¡que se vaya a tentar a la montaña!〉。〈solar［太陽の］〉を〈solariega［名家の］〉に掛けた言葉遊びになっている。また「山［montaña］」は、前出の証明派をはじめとする異端を取り締まる側の人物に、スペイン北部サンタンデールのモンターニャ地方の出身者がいたことを踏まえているとされる。

＊251　昔は「見たことがあるだろうか」があったのに……：原文は〈Mas, ¡ay!, que donde vistes hubo antaño, / no hay así como hogaño.〉。過去を取り戻すことはできないという意味の諺〈En los nidos de antaño, no hay pájaros hogaño.［去年の巣に今年の鳥はいない］〉を踏まえた地口。

＊257　比べようのない美女の目は……：原文は〈y ojos de una beldad tan peregrina, / razón es ya que salgan de madrina, / pues a sus niñas fuera hacer ultraje / querer tenerlas siempre en pupilaje.〉。「リサルダの目の比喩を考えるのは諦めましょう」ということを、〈madrina［母、修道女］〉〈ojos, niñas, pupilas［目、瞳］〉〈pupilaje［保護］〉といった掛詞を駆使して表現している。続く、〈cuadrar［適合する］〉と〈cuadratura［方形にすること］〉も同様の掛詞。

＊270　私に学べ……：原文は〈que digan：〈〈Aprended de mí〉〉, a las flores;〉。スペインの詩人ルイス・デ・ゴンゴラ［Luis de Góngora］（一五六一―一六二七）の〈Aprended flores de mí / lo que va de ayer a hoy; / que ayer maravilla fui / y hoy sombra mía aun no soy［花よ　私から学ぶがいい　この世のはかなさを／昨日は驚異だった私が　今日は自分の影ですらない］〉を踏まえた表現。

＊284　大海の一滴ほども……：原文は〈que ni una sed de oriente ha de costarme.〉。「少しも与えない」を意味する〈no dar ni una sed de agua〉という慣用句を踏まえた地口。

＊293　ふとした折に……：原文は〈donde no piensa el que es más vivo, / salta el comparativo;〉。〈Donde menos se piensa, salta la liebre.［思いがけないところで野うさぎが飛び出す］〉という諺を踏まえた地口。

＊307　アイスのように甘い声：原文の〈la voz garapiñada〉は「糖衣でつつんだ声」と「凍った声」の掛詞になっている。

＊315　塩がなかったので……：原文では〈que iba sin sal, se gastó presto.〉。「雪を保存するための塩がなかったため、雪が溶けた」に「機知が足りなかったため、肌の白さの比喩として雪が使い果たされた」の意味を掛けた表現。

＊332　下塗りのことを……：原文では〈a la pintura, es llano, / que se le ha de asentar la primer mano.〉。〈la primer mano（最初の手）〉に「下塗り」と「右手」の意味を掛けている。

＊368　随分と小さい足に違いありません：原文では〈debe el pie de ser breve,〉。〈pie〉に「足」と「詩行」を掛けて、「長句の詩行［el pie de arte mayor］」のように足取りが重くないので、「短句」すなわち「小さい足」に違いない、ということを意味している。

＊386　現れるのは　天空のような……：原文は〈descubrir un: ¡por poco

digo «cielo»,〉。肖像詩のパロディとして常套句を避けてきたのに、あやうく「額」の常套的な比喩を使いそうになった、ということ。

五六（九二）

レドンディリャ

自分が原因であるのに女性を非難する男性の
欲望と批判が矛盾することを論証する

愚かな男性の皆さま　あなた方は
女性のことをよく非難できますね
断罪していることの原因はまさに
自分たちだという自覚もないまま

つれなくされても　つきまとって
女性を口説き落としておきながら
どうして清純であることを望むのでしょう?
そそのかしているのは　ご自身なのに

抵抗むなしく女性が降参すれば
今度は　もったいぶった調子で

尻の軽いやつだなどとうそぶく
熱心だったのは　ご自身なのに

あなた方が支離滅裂な珍説を
得意になって開陳するのは
子どもがすぐに怖がるくせに
お化けの話をしたがるようなもの

恋をするならタイスがいい ＊
妻にするならルクレティアがいいと
自分勝手な理想を並べるなど
厚顔無恥にもほどがあります

自分で鏡を曇らせておきながら
よく映らないといって騒ぐなど
これほど道理をわきまえず
気まぐれなこともありません

好かれようと　嫌われようと
結局　あなた方には同じこと
すげなくされると悲しがり
やさしくされるとつけあがる

世評の高い女性などおりません
どれほど立派な淑女でも
お断りすれば冷たいと言われ
お受けすれば軽いと言われるのですから

愚かなあなた方は相変わらず
非難する基準をその都度変える
こっちの女は冷たいからダメ
あっちの女は軽いからダメ

冷たいと言っては悲しみ
軽いと言っては怒るのなら
あなた方に愛を求める女性は

いったいどうすればいいのでしょう?

でも　怒ってみたり悲しんでみたり
あなた方が気まぐれなだけですから
女性は愛を求めなければいいし
男性は好きなだけ泣けばいいのです

男が愛に苦しむ姿を見て
女は心を許したのです
自分で傷をつけておきながら
なぜ傷物はいらないと言うのでしょう?

色恋に浮き身をやつす時
どちらの罪が深いのでしょう?
口説かれて落ちた女と
下心を持って口説いた男と

あるいは　どちらの罪も深いなら
どちらが断罪されるべきでしょう?
求愛に応えて過つ女と
過ちを求めて求愛する男と

それにしても　自分の罪の深さに
今さら何を驚いているのでしょう?
自分で傷をつけたのなら受け入れなさい
無傷がいいなら傷つけるのをやめなさい

何よりもまず　求愛するのをやめなさい
女は口説かれるのを待っている
女は浮気だなどと非難するのは
それからではないでしょうか?

でも　あなた方は傲慢ですから
武器を取り替えて攻め続けるでしょう
女に約束したり　まとわりつく時
男は悪魔と肉欲と卑俗の塊ですから

◆作品集第一巻（一六八九年）初収。

＊17　タイス……「タイス」は古代ギリシアの高級娼婦。「ルクレティア」は古代ローマの貴婦人で、貞淑な妻を象徴している。七六（一五三）も参照のこと。

五七（一六〇）

ソネト ＊

テレシリヤ　おまえはほんの小娘なのに
哀れなカマチョはきりきり舞い
だんながお人好しなのをいいことに
おまえは隠れてヤリたい放題

浮気なおまえは孕んでばかり
不憫な夫はまるで駄馬
今ではツノも伸び過ぎて ＊
屈まなければ戸もくぐれない

不倫するのは　お手のもの
怪しまれたって細工は流々
またぞろ腹から出てきたものを

12 疑われたなら　こう言いくるめるのさ
あなたの畑を大きくしたくて
他人の種も蒔いてみたんだって

◆作品集第一巻第二版（一六九〇年）初収。

＊ ソル・フアナの風刺詩の中でも特にスキャンダラスなものとされる。

＊7 今ではツノも伸びすぎて［y tiene tan crecido ya el penacho］：「角を生やす」とは、夫が妻を寝取られることを指す。

エピグラム

五八（九七）

レドンディリャ

ある軍曹に何かが足りなくて起こったこと

1 百戦錬磨の矛槍を
軍曹殿が手に取った
立派な矛槍兵になるはずが
見るも無惨な姿になった
刃が欠けた矛槍［alabarda］は
ロバにつける荷鞍［albarda］になった
お金［argento］のない軍曹［sargento］は
ただの疥癬［sarna］もちになった

◆作品集第二巻（一六九二年）初収。

五九（九三）

レドンディリャ

美人を鼻に掛ける女性を当て擦る

「みんなに美人だって言われるの」
レオノル　あなたはそう言うけど
その顔を見て分かるのは
あなたが「おぼこ」だってこと

「みんな私に夢中なの」だなんて
厚かましいにもほどがある
みんなの注目を集めたのは ＊
あなたが「おばけ」だってこと

◆作品集第二巻（一六九二年）初収。

＊7　みんなの注目を集めたのは……：原文では〈que te han dado la palma, / es. Leonor, porque eres coco.〉。〈palma〉は「栄誉」および「椰子」の、〈coco〉は「お化け」および「ココナッツ」の掛詞になっている。

六〇（九四）

レドンディリャ

家系を鼻に掛ける酔漢を当て擦る

由緒ある家系を誇りたくて
アルフェオ　ご先祖さまはキングだって
あなた　周りに吹聴しているけど
私が思うに　たしかに血は争えませんね
キングとやらの話でくだを巻いてばかり
そんなあなたのご先祖さまは
スペードという剣のキングではなくて　＊
酒杯のキングなのですから

◆作品集第二巻（一六九二年）初収。

＊7　スペードという剣のキングではなくて……：原文では〈que, más que reyes de espadas, / debieron de ser de copas.〉。スペイン・トランプのカード（「金 oro」、「聖杯 copa」、「剣 espada」、「棍棒 basto」の四種類）のうち、「聖杯」と「剣」を踏まえた皮肉。

六一（九五）

レドンディリヤ

失礼な男に目薬を処方する　＊

婚外子であることは　たしかに　＊
私の汚点になったかもしれません
もし私が　自分が生まれた時と同じく
婚外子をもうけていたならば

それよりも　優しいといえばあなたのお母さま
あなたができるだけたくさんの男性の中から
自分にふさわしい人を父親として選べるよう
随分とたくさんの男性と関係したようですね

◆作品集第二巻（一六九二年）初収。

＊　目薬を処方する：他人の非難ばかりして自分の欠点が見えていないから、ということ。

＊1　婚外子であることは……：ソル・フアナは、父ペドロ・マヌエル・デ・アスアヘ［Pedro Manuel de Asuaje］と母イサベル・ラミレス［Isabel Ramírez］との間に生まれた三人の婚外子の末子だった。

六二（四九）

ロマンセ

ヌエバ・エスパニャに到着したばかりの名士より「偉大なる者たちを矮小となした修道女よ」で始まるロマンセを贈られたわれらの詩人の返答

いったいなんという人なのでしょう！
（ゼウスが雷電霹靂を放つ時に
老婆が十字を切るよりも多く）
十字を切ったとしても足りません

これほど矛盾に満ちた考え方をしたり
これほど現実離れした意見を持つとは
『エクストラバガンテ』を書いたのは　＊
疑いなく　この人に違いありません

（どれほど賞賛されていようとも）
実際には　どのような味がするのか
誰も知らない　あの鳥を探し求めて　＊
ここに来たのだと　この人は言いますが

この人にとっては　鷹狩りなど
まったく無用の長物のようです
なぜなら　雌鶏がタカとなり
お人好しがシロハヤブサとなり

アホウドリがオオタカとなり
こけおどしがセーカーハヤブサとなり
卑怯者がバーバリーハヤブサとなり
臆病者がハイタカになるのですから

この人には　手袋をはめたり
タカにつける足革や頭巾といった
必要な道具を揃える必要など
これっぽっちもありません

というのも　そういったものは
タカを騙す仕掛けのようなもので
好事家が大空を騒がせるために
考え出したものに過ぎないのですから

不死鳥を食べたいと思ったら最後
どれほど探し求めようとも
サルダナパロスやヘリオガバルスですら　*
空腹を癒すことはできませんでした

このような不死鳥を
哀れな紳士の言葉によれば
各地を経巡り　七つの海を渡って
ようやく発見できたのだそうです

そして　確実に発見するために
アポロンに神託を求め
霊鳥のしるしを持って
プリニウスと同じ道を辿ったそうです

しかし　遺骸から再生するという
世に二つとないフェニクスなど
プリニウスが吹いた大法螺だと
お気づきにはならないのでしょうか？

でも　ここまでは本題ではありません
それ不死鳥だ　やれ不死鳥だと
はしゃぎまわる人などは
いつでもどこでもいるのですから

重要なのは　他でもなくこの私を
どちらでも同じことなのですが
荼毘に付そう［encenizar］としたというか
フェニクスにしよう［enfenizar］としたことです

時が過ぎても超然として過ごし
生きながらえ　ようやく死に至るも
火葬されるや見事に蘇るという
フェニクスだとおっしゃいます

揺籃［cuna］と墓場［tumba］を
見事に融合させてひとつにし
遺骸を納めていた棺を
蘇っては揺籠とするフェニクスだと

甘美な香木から立ち上る
馥郁たる炎に身を投じ
焼尽するかと思いきや
生き生きと蘇るフェニクスだと

太陽のあとを継ぐ寵児であり
セイロンのサファイアを嵌めたくちばしと　＊
オフィルの金で飾った羽を見せて
輝く光を周囲に放つというフェニクスだと

サファイアの眼差しを注ぎ
ダイヤモンドの翼で飛翔し
ルビーのくちばしでついばみ
穏やかに呼吸するフェニクスだと

自らアトロポスやラケシスとなり　＊
すなわち　自らの運命を司って
運命の糸を断ったかと思いきや
再び運命の糸を紡ぎ始めるフェニクスだと

しかし　アポロンに誓いますが
私の人生はきりきり舞いでして
毎日の生活は商取引きに似て
出たり入ったりが激しいのです

祝福された土地アラビアで　＊

幾つかの諺が言うところの
「不吉な夜に女児を生む」が　＊
私の母に起こったというのです

（幾つかの諺と言いましたが
これは韻を踏む必要があったからで
単数ではなく複数にすべし
という規則に従いました）

つまり　ロンセスバリエスの大敗が　＊
私の母には起こったというのですが
こんな生まれ方をした私に
親も仲間もあろうはずがありません　＊

あなたはまた　私が常住座臥
華麗な比喩を重ねては
詩行を長々と書き連ね
詩文に磨きをかけている

そうおっしゃいます　しかも
説得力をもって主張なさるので
私ですら鵜呑みにしそうになり
同調しそうになります

しかし　それは本当に私なのでしょうか？
今まで知らなかったなんてあるでしょうか？
とするならフェニクスは自分のことを知らない
ということを　誰も疑わないでしょう

神よ　私をその鳥にしてください
誰に何と言われても構いません
というのも　私が火達磨になろうと
誰かが火傷する訳ではないのですから

私は夢想だにしていませんでしたが
フェニクスに認定してくださるというのに

これほど素晴らしい栄誉を　自らすすんで
路傍に捨てることなどできるでしょうか？

私が受け入れるのは非常識でしょうか？
恋ゆえに火蜥蜴になる人がいるなら
不死鳥になりたいという人がいても
誰も驚かないのではないでしょうか？

火蜥蜴になる人の例については
愛する女性の眼差しに心を燃やし
焼身せずとも憔悴する人の姿を
毎日のように私たちは目にしています

髭をたくわえた火蜥蜴がいるのなら
髭を生やしていない不死鳥がいても
特に驚くようなことはありませんし
非難されるようなこともありません

私が生まれた地では　太陽の光が
他の地域のように斜めにではなく
まっすぐに降り注ぎますが　それは
私が不死鳥になるためだったのでしょう

それにまた　今後は変わることなく
私だけが自分の祖先であり
私だけが自分の子孫であることが
何よりも嬉しくて仕方がありません

もはや誰にも依存することなく
自分の好きな時に死を迎え
自分の好きな時に生まれ変わる
これほど素敵なことがあるでしょうか？

世間で人と交わる必要はなく
むしろ人との関わりを断って
血縁に悩まされることもなく

義理に煩わされることもないのです

私に似た人間が私以外におらず
私以外の誰にも似ていないのです
誰であっても自分に似たものしか
愛することはできません

なかなか治らない持病も
病気が治ろうと悪化しようと
いずれにせよ治療費を払って
医者に診断してもらうこともありません

私の再生の炎はインク壺です
ペン先を拭う吸い取り綿を
オリエントの香木に替え
燃え上がって蘇るのです

私が使っている羽ペンは
生きていくためにとどまらず
むしろ生き返るために
風を切って羽ばたきます

自分自身から相続するのですから
遺言書をしたためる必要はありません
財産目録云々といった諸々のことに
煩わされることもありません

チョコレートをすり潰すことも
ありがたいことに　もうありませんし
私をわざわざ訪問してくださる方々に
時間を奪われることもありません

これはたしかに朗報に違いありません
今後は自分に自信を持とうと思いますし
フェニクスというレッテルは
一瞬たりとも手放すつもりはありません

詩人の皆さんに噂されることに
今後は胸を痛めることもありませんし
お会いするまでもない方とは
お会いしようとは思いません

労せずにフェニクスを手に入れたいとは
随分と虫がいい話ではないでしょうか?
私にはくちばしがついていますので
不満はきちんと述べたいと思います

私を捕まえることができるなら
そして　もの珍しい怪獣として
僻地にまで連れ回すことができるなら
旅芸人は何だってすることでしょう

そして　巨人の頭を見るためなら
惜しむことなくお金を払うような
新しもの好きのイタリアやフランスで
いい見世物にすることでしょう

「ペドロ親方がハケスの宿で見せた　*
あのフェニクスだよ　皆の衆
見たけりゃ二クアルト払いな」
などと前口上を述べながら

そんなのはまっぴら御免です
皆さんもフェニクスは諦めてください
そのために　鍵を三十もかけられて
修道院に閉じ込められているのですから

さて　あなたのお話では
幾千もの苦労を重ねた末
ほかでもなく聖十字架発見の祝日に　*
フェニクスを発見したということですから

最初に見つけた人の名誉として
あなたの許可がなければ
私をフェニクス以外のものに ＊
喩えることを禁じたいと思います

◆作品集第二巻（一六九二年）初収。

＊7　エクストラバガンテ［los Extravagantes］：「教会法典に含まれていない教皇令」の意味と「奇想天外」の意味をかけた言葉遊び。

＊11　あの鳥：不死鳥［Fénix］のこと。ソル・フアナは、受け取ったロマンセで自分が不死鳥に比せられていることを踏まえてこの返事を書いている。

＊31　サルダナパロスやヘリオガバルス：紀元前七世紀のアッシリアの王サルダナパロスも、三世紀のローマ皇帝ヘリオガバルスも、ともに放縦と奢侈の象徴とされた。

＊66　セイロンのサファイア……：セイロンはサファイアの産地として古来より知られ、オフィルは旧約聖書で金の名産地とされている。

＊73　アトロポスやラケシスとなり……：運命の三女神モイラのうち、長女クロートーは運命の糸を紡ぎ、次女ラケシスは運命の長さを測り、三女アトロポスは運命の糸を切るとされた。

＊81　祝福された土地アラビア：エジプト神話の霊鳥フェニクスは、アラビアに住むとされた。

＊83　不吉な夜に女児を生む［mala noche y parir hija.］：災難に相次いで見舞われる、という意味の諺。ちなみに、ソル・フアナ自身も夜中に生まれたとされる。

＊89　ロンセスバリェスの大敗：ロンセスバリェスは、フランス最古の叙事詩『ロランの歌』の舞台となった地（フランス語でロンスヴォー）。ピレネー山中にあり、七七八年、シャルルマーニュ率いるフランク王国軍はスペイン遠征の帰途、味方に裏切られ、ここで大敗を喫した。

＊92　親も仲間もあろうはずがありません：原文では〈aunque quien nació de nones / non debiera tener pares.〉。「奇数［nones］」と「偶数［pares］」および「何者でもない［nones］」と「シャルルマーニュの十二勇士［pares］」を掛けた言葉遊び。

＊185　ペドロ親方がハケスの宿で見せた……：『ドン・キホーテ』後編第二六章から第二七章にかけて語られている、猿占いと『メリセンドラの救出』の人形劇の興行主ペドロ親方のこととされる。

＊195　聖十字架発見の祝日：コンスタンティヌス一世の母・聖ヘレナがキリストの十字架を発見したことを記念する祝日で、五月三日にあたる。ソル・フアナが受け取ったロマンセが五月三日付だったことを意味している。

＊199　私をフェニクス以外のものに……：死後出版となったソル・フアナの作品集第三巻（一七〇〇年）は『メキシコのフェニクス［…］の名声と遺作集［Fama y Obras póstumas del Fénix de Méjico...］』と、ミゲル・カブレラ［Miguel Cabrera］による有名な肖像画（一七五〇年）も「アメリカのフェニクス［…］の肖像［Retrato de la Fénix Americana...］」と題されている。

六三（五〇）

ロマンセ

詩人がいつもの機知を交えて（「メキシコのムーサに」と題するロマンセを書いたラ・グランハ伯爵に）返信し、彼女を称賛したペルーの名士の名を明らかにする　＊

名も知らぬお方に　このようなことを
すべきではないかもしれませんが
移動中のあなたからいただいた韻文に
駆け足でお返事を差し上げます

いや　やはり控えるべきかもしれません
お名前をお隠しになったのは
私には名を明かしたくないという
お気持ちのあらわれなのですから

とするならば　宣告します
あなたにふさわしい処罰として
情状酌量の余地のないまま
あなたの名を秘匿します

それにしても　あのロマンセには
悪魔のような技法が施されており
どの節にも　えも言われぬ魅力があり
どの行にも　不思議な味わいがあります

まず　荒々しい心地よさがあります
柔らかく滑らかな修辞によって
嘆願のように響いていると思いきや
命令のように強制してくるのです

次に　形容しがたい力があります
その押し入ってくる力たるや
理性・意志・精神に直行してしまい

五感に知覚されることがありません
それから　横柄に謙遜しています
随分と控え目に怒鳴りながら
降参のしるしに晴れ姿をまとって
勝利のために降伏しているのです
また　私には分からない薬草があります
魔女メデイアも見たことのない　*
魔境テッサリアでも聞いたことのない
呪文やまじないが充満しています
さらには　何かが引き出されるような
理性を引っ掛く鈎爪というか
機知を引き抜く鉗子というか
引っ張り出す道具を持っています
そして　黙っていようものなら
歯根が歯茎に食い込んでいても
その診断に疑いの余地がなくても
奥歯と悲鳴を引っこ抜かれてしまいます
このような次第で　強要されましたから
何と言っていいのか分からぬまま
意思のないまま筆を執る人のように
兎にも角にも　お答えします
あなたのロマンセを拝読しました
何度も何度も読み返しましたが
天地神明に誓って申し上げます
あれは私のことではありません
自分のことはよく分かっています
それに　世間で言われるような
珍しさと意地悪さを集めたような
そんな人間でもありません

現実は　部屋で一人になって
わずかな時間を惜しみつつ
書き損じた手紙を裏紙にして
慰み書きしているに過ぎません

しぶしぶ仕事をする人のように
私の仕事の道具であるペンを　＊
あくまで試し書きするために
詩を作っているだけなのです

ここでこんなことをしているのは
私でもピンドスの家政婦として　＊
詩女神さまにお仕えできるかと
自問自答をしているに過ぎません

あるいは　水でありながら
葡萄酒の効果を持つという
霊泉カスタリアの詩想の水を　＊
私も飲むことができるかと

これを口にするや　たちどころに
酔気に襲われて酩酊をさまよい
脳を揺さぶられて前後不覚となり
意識朦朧として分別を失うといいます

このような状態に陥ったがために
オウィディウスは蹣跚としてよろめき
ホメロスは蹌踉としてつまずき
ウェルギリウスは人事不省になりました

また　その他の詩人たちも
どのような詩想を得たかによって
陰気だったり陽気だったりしますが
各人銘々の作品を残しています

そこで　悪いこととは知りながら
彼ら先人がしこたま飲んだ後
媚薬のひと口も残ってはいないかと
私は酒杯を漁って探しました

すると（私の間違いでなければ）
ぞんざいに調合された煎じ薬が
溶け残って澱になっているのを
あるグラスの底に見つけたのです

誰の飲み残しなのかは分かりません
しかし　私が推測するところでは
陳腐な発想しか得られませんので
割らないと飲めない下戸に違いありません

それ以来　私は作詩するようになりました
デモクリトスのように笑ってみたり　＊
ヘラクレイトスのように嘆いてみたりして
それ以来　詩作するようになったのです

また　それぞれが司る文芸によって
世紀から世紀へ　時代を越えて
世を賑わせ騒がせてきた
九人の詩女神にも相談しました

物乞いのように傷を見せ
情に訴える口上をまくしたてて
芸術の神アポロンにも忘れずに
私なりに加護を祈願したのです

すると　修練という糧に飢え
発想という水にも渇き
文体という衣すらまとわない
そんな私の姿に詩女神は同情し

詩を作る上で必要なものが

まったく欠けているのを見て
まるで教理問答書に従うように
私に慈善を施してくれたのでした

牧歌を司るエウテルペさまからは
ウェルギリウスの切れ端をいただきました
眠りながら書かれたもののため
一睡もせずに裁断したそうです

喜劇を司るタレイアさまからは
居酒屋の場面で使う胴着を
衣装合わせした際に余った
ゴアという布をいただきました

悲劇を司るメルポメネさまは
セネカの哀歌を　すなわち　＊
アキレウスに殺されたヘクトルの
死装束となった黒衣をくださいました

天文を司るウラニアさまからは
惑星や星座の位置や動きから
気まぐれな運勢を占ったという
天体観測器をいただきました

残りの詩女神さまも　それぞれ
私のみすぼらしい姿に同情して
まるで着せ替え人形で遊ぶように　＊
色々なものをくださったのです

さて　私が何者なのかご説明しました
何をしてきたのかもお話ししました
十二分に言葉を尽くしましたので
これ以上つけ加えることはありません

以上を踏まえて　結論づけますと
見事な出来栄えのロマンセですが

見事に相手を間違えております
私はそんなに立派ではありません

謙遜しているのではありません
私は才能には恵まれていませんので
ナルシスト四百人分ほども
自尊心を持ち合わせておりません

ただ　褒めたことのないあなたに
褒められて気をよくするのは
たしかにのぼせあがってはいますが
それほど勘違いなことではありません

といいますのも　私の知る限り
あなたの称賛に値するほど
立派な詩を書くような人は
自賛する人以外にはいないからです

誰よりも賢明なあなたが
もし謙虚であったならば
博覧強記として知られるあなたが
もし明解であったならば

私は　論理学としては初歩的ですが
三段論法をあなたの場合に適用して
自ら白状していただいたことでしょう
まさに自賛するのが動機だったと

そして　類まれなる才能を
私のような者に駆使したのは
私を賞賛するためではなく
ご自分の才能を披露するためだったと

あなたにしか値しないものである上
あなたの中にしか存在しないのですから
その行為は自動詞のようなもので

主語自体の作用にとどまっているのです
ですから　お世辞をいただいたことにではなく
いろいろとご教示いただいたことに対しては
心から感謝しているとは言えますが
お礼をもってお応えすることはできません
ですから　ダイダロスが公証人となり　＊
好奇心を刺激する迷宮ラビュリントスに
あなたのお名前を秘匿しようとしましたが
それも解明の妨げにはなりません
といいますのも　閉じ込められてはいても
その形跡ははっきりと現れていますので
ミノ・タウロではなくパウロ・ミヌスが　＊
隠れているのだとよく分かります
私もキルヒャー神父に倣いまして　＊
結合術を使うことがありますが
計算で誤りをおかしておらず
また記号を間違えていなければ
幾冊もの本に匹敵するほどの
膨大な数の組み合わせの中に
意味をなすアナグラムがあり
そのひとつによれば　あなたは……
言っていいものでしょうか？
洗礼証明書の名前のように
あなたの称号を明らかにしても
逆鱗に触れることはないでしょうか？
でも　黙ってはいられません
もう口にし始めたわけですし
解き明かされた秘密であれば
世間を騒がすこともありません

197

このままでは体にも悪いですから
導き出された答えを言いましょう
ラ・グランハ伯爵さまです
以上です　それでは神に栄光あれ

◆作品集第三巻（一七〇〇年）初収。

＊　ラ・グランハ伯爵［conde de la Granja］：ラ・グランハ伯爵ことアントニオ・デ・オビエド・イ・ルエダ［Antonio de Oviedo y Rueda］（一六三六－一七一七）はスペイン出身の詩人で、特にその宗教詩によって知られた。コレヒドル（王室派遣の行政長官）としてポトシに赴任し、後にペルーに移住した。

＊30　魔女メデイア：ギリシア神話のコルキスの王女で、魔術に長じていたとされる。また、ギリシア中部のテッサリア地方には魔女が住むとされた。

＊58　私の仕事の道具であるペン：ソル・フアナは修道院で経理の仕事を担当していた。

＊62　ピンドス：ギリシア中西部の山脈。

＊67　カスタリア：パルナソス山麓デルフォイにあった霊泉。その水を飲んだ者に詩文の才能を与えるとされた。

＊94　デモクリトスのように……：古代ギリシアの哲学者デモクリトスは快活な性格から「笑う人」と呼ばれ、ヘラクレイトスは厭世的な気質から「泣く哲学者」と称された。同じ光景を前に、デモクリトスは笑い出し、ヘラクレイトスは泣き出したという寓話を、古代ローマの風刺詩人ユウェナリスやギリシアの風刺作家ルキアノスらが取り上げている。七五（二）にも同様の表現がある（第二五行から第二八行）。

＊122　セネカの哀歌：トロイア戦争に材をとったセネカの悲劇『トロイアの女たち』のこと。

＊131　着せ替え人形：原文では〈vestir al soldado pobre［かわいそうな兵隊に服を着せる］〉。〈¿Qué le das al soldado pobre?［かわいそうな兵隊さんに何をあげる？］〉という掛け声をかけながら人形に服を着せていくという、子供の遊びを踏まえた表現。

＊173　ダイダロスが……：クレタの王ミノスは、神罰により妃と牡牛の間に生まれた人身牛頭の怪物ミノタウロスを監禁するため、名工ダイダロスに命じて迷宮ラビュリントスを造らせ、ここに幽閉した。ロマンセの差出人が自分の名をロマンセの中に隠しているという意味。

＊179　パウロ・ミヌスが……：旧約聖書のダビデの詩篇（八：六）にある「神に僅かに劣るもの［paulus minus］として人を造り」という表現を踏まえ、ロマンセに隠されているのは怪物のミノタウロス［Mino－Tauro］ではなく、人間［Paulo－minus］だという意味の言葉遊び。

＊181　キルヒャー神父……：一七世紀のイエズス会士アタナシウス・キルヒャー［Athanasius Kircher］（一六〇一－一六八〇）はあらゆる学問に通じた学者で、現代の記号論理学に通じる『結合術［*Ars combinatoria*］』では、少数の単純概念の結合から計算によって複合概念を導き出す方法を論じている。この結合術によってソル・フアナはロマンセの差出人の名前を導き出したと言っているが、その具体的な方法については明らかにされていない。なお、八〇（二一六）第八七三行では、キルヒャーの「幻灯機」に言及している。

宗教詩

六四（五二）

ロマンセ

ご託身をうたう

今日　神の子が地上にくだりました
しかし　さらに確かなのは
マリアさまにくだることで
最高の天にくだったことです

父なる神の指示に従って
ことばは肉をまといましたが
最高の環境を準備することも
父なる神は忘れませんでした

この神秘に満ちた秘蹟は
皆の都合にかなったものでした
人類には幸運がもたらされ
御子には最高の床が準備されたのです

自らの血を授けたマリアさまは
将来のために備えたのでした
受肉の際に受け取った血が
贖罪のために流されたのです

聖母が差し出した硬貨に
御子が神性を刻印するごとく
人類の犯した罪を贖うために
聖母子は力を合わせました

一位の天使が舞い降りて
マリアさまに承諾を求めました
女王の特権を約束して
聖母となることをお願いしたのです

ああ　偉大なるはマリアさま！

受肉に際して　父なる神は
御子の返事は待たれなかったのに
マリアさまの返事は待たれたのです
こうして　無限に偉大な方が
狭き牢たる肉体に収まり
ご自分にしか収まらぬ方が
小さき住まいにくだられたのです

◆作品集第一巻（一六八九年）初収。

六五（一三七）

デシマ

聖ヨセフに捧げるグロサ　＊

ヨセフさまの大きさは無限です
天上に住まうようになれば
地上にいる時から既に
神を子としているのです

ヨセフさま　あなたの尊さは
誰にも測ることができません
あなたを父なる神と呼ぶことが
あなたの大きさを示しています
どれほど言葉を尽くしても
あなたを讃えることはできません
あなたの価値を減じることなく
あなたを定義しようとすれば

神を測るのと同じことになります
ヨセフさまの大きさは無限です

地上におけるあなたの尊厳は
あまりに大きく犯し難いものでした
どれほど尊いか　ご自身ですら
十分にはご存知ないようでした
地上では謙虚になり過ぎたために
高徳がベールに包まれておりました
つまり　ご自身の徳を疑うあまり
有徳であることを知らずにいたのです
しかし　有徳であることを知ります
天上に住まうようになれば

主は　あなたを祝福するために
きわめて素晴らしい方法を取りました
つまり　すべてをお命じになる方が
あなたから命じられることにしたのです

地上における信仰の篤さゆえに
この上ない恩寵を受けるのならば
天上に住まうようになった時に
主があなたを父として迎えることを
疑う理由などありません
地上においでになる時から既に

あなたはご自分を卑下します
しかし　あなたが否定するものを
神は　むしろ従うことによって
私たちに理解させようとしました
あなたは完璧で並ぶものがなく
隠そうとすれば隠そうとするほど
どれほど尊いかが明らかになります
あなたがどれほど偉大なのかを
すべての人に知らしめるため
神を子としているのです

◆作品集第一巻（一六八九年）初収。

＊　グロサ［glosa］：主題となっている第一連の各行を、第二連以降の各連の最終行に配する形式。

六六（五六）

ロマンセ

神の愛の効果を論じて、どれほど危険でも愛に殉じることを提案する　＊

1 私の胸を焦がす　この想い
しかしあまりにも捉えがたいため
これほど強く感じているのに
自身でも捉えることができません

5 これは愛　でもこの愛は
盲目の愛の神のものとは異なり
むしろふたつの目を見開いて
苦しむ者をさらに苦しめます

9 すべてがそこから始まる原点
苦痛はそこから生じてはいません

あらゆるものの原点には神の愛があり
あらゆる苦痛は中間にあるのですから

この愛が正しいものならば　＊
また　報いるべきものならば
施しに報いているだけなのに
なぜ私は罰せられるのでしょうか

どれほどの恩寵を　お心遣いを
この目で見てきたことでしょう
人が愛をもって神に報いる時
これを妨げるものはありません

神への愛が正しいものならば
阻まれることはありません
忘却に晒されるのではと
おそれることもありません

反対に　忘れ去りたいことですが
かつて私が抱いた愛を思い出します
それは狂気を超えるほど激しく
極端を過ぎるほど強いものでした

しかし　欲望から生まれた
正しくない愛でしたので
欲という病魔に冒されて
はかなくも消え去りました

しかし今は　ああ悲しい
正しい道を辿っているため
愛の炎を燃やしているのは
他ならぬ美徳と理性なのです

私がこのようなことを言うと
なぜ苦しむのかと問われるでしょう
しかし　だからこそ苦しむのだと

私の切実な心は答えるでしょう

私たち人間はあまりにも弱く
どれほど正しい愛を抱こうとも
弱いがゆえに疑心暗鬼となり
不安を免れることがありません

自分の愛に応えて欲しい
そう切望してやまない私たちは
詮無いこととは知りながら
願わずにはいられません

どうか私の愛に応えて欲しい
求めているのはそれだけです
しかし　どれほど切望しても
不安はまったく払拭されません

これが罪なら罪を認めます　＊

過ちなら過ちを告白します
しかし　いくら悔い改めようとしても
悔い改めることができないのです

私の心の奥にまで入り込み
秘密を知る方はよくご存じのはず　＊
私を責め苛んでいる苦痛は　＊
私自身が生み出しているのだと

同様に　よくご存じのはず
私の願望はこの手で処刑され
欲求に埋もれて息を引き取り
胸の奥に埋葬されていることを

何よりも愛するものの手によって
死に至るとは思いませんでした
しかし　私を死に至らせる原因とは
私が抱いている愛なのです

69
こうして　悲しみに暮れながら
毒をもって命を養うことになり
死に等しい生を生きている私は
生きているようで死んでいるのです

73
しかし　心よ　勇気を奮いましょう
この心地よい苦悩を抱きながら
たとえどのような末路を辿ろうとも
この愛だけは棄てないと明言します　＊

◆作品集第三巻（一七〇〇年）初収。

＊　次の六七（五七）のロマンセ同様、これまでソル・フアナを聖女と崇める作品集第三巻の編者カストレナ・イ・ウルスア［Castorena y Ursúa］の解釈（神秘的合一を目指しながらも浄化の段階にとどまっている懊悩を表現した詩）が踏襲されてきた。これに対し、近年、彼女の告解師であり霊的指導者だったヌニェス神父との確執を吐露した極めて私的な詩として解釈する読み方が示されるようになった。本書では後者を採用して訳出した。

＊13　この愛が正しいものならば……：「理性の最初の光が私に触れたとき以来、文芸に対する私の志向がきわめて熱く強いものであったため、他者の叱責も（これはたくさんありました）、自らの熟慮も（これも少なからず行ないました）、神が私の中に置いたこの自然な衝動に従うのをやめさせるには至らなかったということです、何ゆえに、そして何のために、それを置いたのかは主のみがご存知です」（『ソル・フィロテアへの返信』旦、八六頁）。

＊53　これが罪なら……：「ご意見では詩を作ることは罪だということですが、今述べたこれらの機会の中で、詩作という反則がそこまでひどかったケースはどれなのでしょうか？」（『告解師への手紙』旦、五二頁）、「もし勉学が罪であるとされるのならば、［…］私は、自分が罪を犯していないと考えます」（『ソル・フィロテアへの返信』旦、一二七頁）。

＊58　秘密を知る方：ソル・フアナの告解師だったヌニェス神父を指すと解釈できる。

＊59　私を責め苛んでいる苦痛は……：「責め苦にも妙な種類があるものです！　自分が責め苦を受ける殉難者でありながら、自分自身が死刑執行人でもあるのですから！」（『ソル・フィロテアへの返信』旦、一〇六頁）

＊76　この愛だけは棄てないと明言します：「私には学業の性向があるのです。それが悪いものであるのならば、私が自分で自分を作ったのです。私はそれをもって生まれ、それをもって死ぬしかありません。［…］知によって救いを得ることはできないのでしょうか？　結局のところ、それが私にとってもっともうまくいく道なのですからどうして救いを得るために、それがその人の資質に対立するものであるときにも、無知の道を行かなくてはならないのでしょうか？　至高の善としての神は、至高の英知ではないのですか？」（『告解師への手紙』旦、五九―六〇頁）、「神

父様に対して私は言わずには入られません、この二年の間にあなたがお与えになったと言って良い苦痛が、今や私の胸に溢れてしまっているのです。こうして筆をとって、その苦痛に対する不平を訴え、これほど畏敬している方に反論しているのは、もうこれ以上我慢ができないからなのです」（同、六五頁）。

六七（五七）

ロマンセ

同じ主題について

私を天に昇らせようとする
恩寵に駆り立てられますが ＊
苦難の重さに耐えかねて
奈落に落ちてしまいます

美徳と天性のふたつが ＊
胸中で争っていますが
ふたつが対立する限り
胸の苦しみは続きます

美徳はたしかに強いのですが
敗北するかもしれません
天性の大きさに比べると

美徳は小さすぎるのです
混沌とした闇に包まれて
知性は働きが鈍くなりました
理性が暗中模索の状態なので
私を照らす者がいないのです

私を処刑しているのは私自身 ＊
私を幽閉しているのも私自身
苦しむ者が苦しめる者というのは
誰も見たことがありません

何よりも喜ばせたい方を ＊
私は不快にしてしまいます
不快にさせてしまうことに
私は責め苛まれています

主を愛し　主ゆえに苦しみます ＊
主に対する私の激しい愛が
安らぎを十字架に変え
平穏な港を嵐にするのです

苦しみを耐え忍びましょう
それが主の思し召しならば
ただ　罪ゆえに苦しむならば
苦しみが罪になりませぬよう

◆作品集第三巻（一七〇〇年）初収。主題については、六六（五六）を参照のこと。

＊2　恩寵［Gracia］：ソル・フアナを理想の聖女にするために彼女の文芸活動に執拗に干渉した神父ヌニェスを指すと解釈できる。

＊5　美徳と天性［La virtud y la costumbre］：「美徳」はヌニェス神父（への愛）を、「天性」は文芸に対するソル・フアナの天賦の愛と才能を意味すると考えられる。

＊17　私を処刑しているのは私自身……：「責め苦にも妙な種類があるものです！　自分が責め苦を受ける殉難者でありながら、自分自身が死刑執行人でもあるのですから！」（『ソル・フィロテアへの返信』旦、

一〇六頁）

＊21　何よりも喜ばせたい方を／私は不快にしてしまいます……：「ただ申し上げたいのは、私が詩を作るのをやめていたのは、単純に神父様によろこんでいただきたかったからであり、あなた様が詩歌を嫌悪される理由を問うことも確認することもなく、盲目的に従うのが愛にふさわしいと思ったからだ、ということです」（『告解師への手紙』旦、四九頁）。

＊25　主を愛し　主ゆえに苦しみます……：「私が言いたいのは、自分がもの知りであったがゆえに迫害されてきたということではありません（そんな見当外れが私の中に入るはずもありません）。言いたいのは、迫害の根拠が、私には英知と学芸への愛があったということだけだった、と言うことなのです」（『ソル・フィロテアへの返信』旦、一一九頁）。

六八（五八）

ロマンセ

愛に燃える魂にキリストが行ったことはすべて愛に満ちたものであると論じる

聖体の日に、キリストの聖体に捧げて　＊

わが魂が慕う愛しいお方
求めてやまない最高の善
善き行いを邪魔するものを
罰することのできるお方

私を惹き付ける神々しいお方
本日は　聖体の祝日ですから
不遜なこととは承知しながら
私のあなたとお呼びします

本日　聖体を拝領して

あなたの愛に包まれた私は
私の中にあなたがいなければ
私自身もいないと感じます

本日　あなたにお仕えする
私の愛をお確かめになろうと
他ならぬあなたご自身が
私の心にお入りになりました

これほど仔細にお調べになるのは
愛ゆえでしょうか　嫉妬でしょうか
すべてを調べようとするのは
疑念があるからではないでしょうか

ああ　何と野蛮で無知なのでしょう
すべてを見透される神の目から
ひとが何かを隠せるかのような
とんでもない誤謬を口にしました

心の中をご覧になろうとする時
心の中に入る必要はありません
あなたには奈落の底ですら
手に取るように明らかなのですから

あなたはその直観により
はるかに遠い過去のことから
まさに今　現在のことまで
すべて見通しておられます

直観によりお見通しならば
私の心の中を知るために
わざわざ心の中に入り込み
観察する必要などありません

つまり　私はあなたの中に
嫉妬ではなく愛を認めます

◆作品集第三巻（一七〇〇年）初収。

＊　主にカトリック教会では、最後の晩餐における聖体の秘蹟を記念し聖体への崇敬を示すために、復活祭から六〇日目の木曜日（あるいは次の日曜日）の聖体の祝日（聖体祭）〔Corpus Christi〕が設けられている。

哲学詩・道徳詩

六九（一四五）

ソネト

詩人の肖像画に寄せられた讃辞に対し、事実と受け止められているものは贔屓目に過ぎないと反論する

この色あざやかなまやかしは
卓越した技術を駆使して
まことしやかな色彩で
感覚を巧妙に欺いている

ここでは　阿諛追従の類が
容赦なく過ぎる歳月を逃れて
非情にも戻らぬ時間を超えて
老衰や忘却を克服しようとしている

でも所詮　こざかしい小細工
風に翻弄される花
運命には無力の防御

見当違いの愚かな努力
つかの間の熱意　そもそも
遺骸　埃　影　そして無 ＊

◆作品集第一巻（一六八九年）初収。

＊14 遺骸　埃　影　そして無［es cadáver, es polvo, es sombra, es nada.］：ルイス・デ・ゴンゴラのソネト（Mientras por competir con tu cabello）の最終行〈en tierra, en humo, en polvo, en sombra, en nada.〉を踏まえているとされる。

七〇（一四六）

ソネト

境遇を嘆いて、悪習への嫌悪を示し、学芸をたしなむことを正当化する

世の人よ　なぜ私にまとわりつくのですか？ ＊
何か悪いことをしたのでしょうか？　私はただ ＊
頭の中を美しくしようとしているだけで ＊
美しいものに頭を悩ましているのではないのに

高価なものやお金にも興味はありません
ですから　私が満たされるのは常に
頭の中を豊かにする時であって
豊かになろうと頭を絞ることはありません

私が華美なものに惹かれないのも
時間が経てば失われる儚いものだから
いつかは無くなる豊かさなど嬉しくもありません

私が確かな価値を見出せるのは
人生から虚飾を省くことであり
虚飾に人生を費やすことではないのです

◆作品集第一巻（一六八九年）初収。

＊1　世の人［mundo］：三八（三三）の「ご不満に思われる方」と同じく、具体的には彼女の告解師だったイエズス会士ヌニェス神父を指しているとされる。「幾度にもわたって何人もの人から聞かされたところでは、神父様のお話においてただひとり私だけが叱責の対象とされており、私の行動を「公的な醜聞」になぞらえたり、それと同等の恐ろしい罵倒のことばを用いたりするほど、ひどく辛辣な思いをもって私のことを非難しておられるとのことでした」（『告解師への手紙』旦、四七頁）。

＊2　何か悪いことをしたのでしょうか？……：「どうして悪いことになってしまうのでしょうか、面会格子のところでよもやま話をしていたはずの時間、家の内外のさまざまなことがらに居室で不平をこぼしたり、別の修道女と諍いをしたり、哀れな女中を叱りつけたり、あるいはもの思いの中で世界をさまよったりしているような時間を、かわりに勉強に費やすことが」（『告解師への手紙』旦、五九頁）。

＊3　頭の中を美しくしようとしているだけで……：「女にとって――そ

れも花咲く年ごろであればなおさら——髪の毛は自然の飾りとしてとても価値があるものとされているにもかかわらず、［…］実際に私は馬鹿さの罰として髪を切りました。こんなにも知識がなくて丸裸な頭が髪の毛を着ているなんて理不尽に思えたからです。知識のほうがもっと魅力的な飾りなのですから。」（『ソル・フィロテアへの返信』旦、九〇－九一頁）。

七一（一五〇）

ソネト

詩才を称賛されることに対する非難に遺憾を表明する　＊

運命よ　それほど私は罪深いのだろうか？
処罰しようとして　懲らしめようとして
私に予測しうるものにとどまらず
さらなる懲罰を耳元で予告するほどに

おまえが　ここまで辛くあたる理由を
その悪意を　私はこう理解している
おまえは私に学才を授けることで
苦悩を大きくしようとしているのだと

名声を与えたのも　非難を浴びせるため
高みに登らせたのも　苦しませるため

そして　不幸な私が誰よりも苦しむように

おまえは私を独りぼっちにしたのだ
天賦の才に恵まれてしまったがために
私の苦悩には誰も同情してはくれない

◆作品集第一巻（一六八九年）初収。

＊「私が手軽に詩を作れる能力を持っていることは誰もが知っていますが、この能力が虚栄の原因になっているとするのならば（むしろそれは苦悶の原因でしかないはずなのですが）、神父様は私が、とても痛いものである喝采の合間にすでに受けている罰以上のどんな罰を私にお望みなのでしょうか？　私がどれほど妬みの標的となっていることでしょうか？　どれほど悪意の対象になっていることでしょうか？」（『告解師への手紙』旦、五二一五三頁）。「詩を作る才能は私においては二重に不幸なもので、たとえそれが宗教的な詩を作るためのものであっても、その能力ゆえにどれほどの不快事が私に課せられてきたことでしょうか」（『ソル・フィロテアへの返信』旦、一〇七）。

七二（一四八）

ソネット

老醜を晒すのではなく死を選ぶ　＊

セリアが野原で薔薇を見ると
幸せそうにつかの間の絢爛を誇り
深紅と臙脂でめかし込んで
嬉しそうに可憐な顔を作っていた

彼女は言った「瑞々しいのは一瞬だから
宿命を恐れず謳歌しなさい
明日死が訪れようとも
今日楽しんだことは奪えないから

死が急ぎ足でやってきて
芳しい日々が遠ざかろうとも
若く美しい死を嘆くことはない

経験が教えるところでは
美しいまま世を去るのは幸せなこと
老醜を晒さずにすむのだから」

◆作品集第一巻（一六八九年）初収。

＊　七四（一四七）と同じく、美しい薔薇に託して若さや美しさのはかなさをうたう、いわゆる「カルペ・ディエム［carpe diem］」を主題とした作品。一般的には男性が女性を口説く形式をとることが多いのに対し、ここでは女性が薔薇に自身を託して語りかけているのが特徴的だとされる。

七三（一四九）

死まで続くことになる生き方を選択した勇気を讃える

ソネト

海が荒れるのを知っていれば
誰も船には乗らないだろう
敢えて猛牛を挑発するような
危険を冒す者などいないだろう

どれほど馬術にすぐれていても
賢明な騎手であるならば
猛々しく駆け始めた荒馬を
無理に抑えようとはしないだろう

しかし　危険をかえりみもせず ＊
太陽神アポロンの光り輝く馬車を

無謀にも乗りこなそうとした
不敵な者なら何でもするだろう
そして　一生不変の生き方を　＊
選択することなどしないだろう

◆作品集第一巻（一六八九年）初収。

＊9　危険をかえりみもせず……：ギリシア神話のパエトンのこと。太陽神である父の馬車を御し損ねて大地を焼き払いそうになったため、ゼウスに撃ち落とされた。キリスト教文化では、一般にイカロスと並んで、神と高さを競って天から追放された堕天使および驕慢の寓意とされるが、ソル・フアナにおいては、難事に挑戦する勇気の象徴として繰り返し称賛されている。三七（二五）や八〇（二一六）なども参照のこと。

＊13　一生不変の生き方……：ソル・フアナは修道女になることをためらい、また後悔していたとされる。「その小生意気な願望とはすなわち、ひとりで暮らしたいということです。つまり、勉強の自由を邪魔する義務的な用事がなく、落ち着いた読書の沈黙を損なう共同生活の騒音もない立場でいたいということです」（『ソル・フィロテアへの返信』旦、九一頁）。

七四（一四七）

薔薇およびその同類に対して道徳的な観点から批判を加える

ソネト

手入れの行き届いた見事な薔薇よ
おまえはかぐわしく匂い立ち
紫のうちに美しさを指導し
白のうちに麗しさを教授する
明眸皓歯の美人を象徴し
優艶なはかなさの見本ともなる
自然がおまえに与えた二物とは
喜びの揺籠と悲しみの墓
咲き誇る間は高慢で尊大
死の恐怖を蔑むうぬぼれよう

だが　しおれて生気を失った途端
萎えた姿に虚ろな正体をあらわす
要するに　愚かな生をもって欺き
賢い死をもって教えているのだ

◆作品集第二巻（一六九二年）初収。

＊　七二（一四八）と同じく、薔薇に託して若さや美しさのはかなさをうたう、いわゆる「カルペ・ディエム［carpe diem］」を主題とした作品。

七五（二）

ロマンセ

博識への過剰な欲望は学ぶにも無益で生きるには
有害であると批判する

悲しき知性よ　しばらくの間
私は幸運だと仮定しましょう
あなたは真だと言うでしょうが
私は偽であることを知っています

考え過ぎるから悩むことになる
自分は幸せだと思っていれば
わが身を憂い嘆くこともない
巷間ではそう言われています

しかし　知性がこの私に
安らぎをもたらすことはなく

才能は手伝うどころか
私の邪魔ばかりしています

この世界は実に多様な
見方や考え方に満ちており
ある人には黒いものでも
別の人には白くなります

ある人が忌み嫌うものも
別の人には魅力的になり
この人が安らぐものでも
あの人には苦痛になります

悲しむ者は楽しむ者を
軽薄だと非難してやまず
楽しむ者は悲しむ者が
苦しむ姿を見てからかいます

ギリシアの二人の哲学者が ＊
この多様性をよく示しています
ひとりが笑い出したものを前に
もうひとりは泣き出したのですから

このあまりにも有名な二項対立は
時代を超えて受け継がれてきましたが
どちらが正しいのかについては
未だにその答えを見ていません

それどころか　あらゆる人たちが
この二つの旗の下に二分され
各自の気質が命ずるままに
それぞれの立場を支持する始末

千変万化のこの世の中は
笑うしかないと言う者がいれば
この諸行無常の世のはかなさは

嘆くしかないと言う者がいます

どの立場にも確たる証拠があり
依って立つ根拠があるならば
どの立場にも論拠が認められる以上
どの立場も絶対ではないことになります

誰もが平等に審判をつとめ
誰もが平等かつ多様であるならば
誰がもっとも正しいのかは
誰にも決められないことになります

判決を下せる者がいないのに
自分だけは神に任されて
最終的な判決が下せるなどと
なぜあなたは思うのでしょうか？

あるいは　あなたは自分自身に
これ以上なく厳しくあたり
苦いものと甘いものがあれば
なぜ苦い方を選ぼうとするのでしょうか？

この知性が本当に私のものならば
どうして私の知性はいつも
私が安らぎを求める時には怠慢で
私に危害を与える時には勤勉なのでしょうか？

知性とは剣のようなもので
刃先によって命を奪うことも
柄頭によって命を守ることも
どちらの用途にも利用できます

あなたが危険を承知しながら
刃先を向けたとするならば
それは扱い方が悪いのであって
剣には何の罪もありません

いかに理路整然としていても
空疎ならば　真の知性ではありません
健全なものを選び出す能力
それこそが真の知性です

不幸について思いを巡らせ
凶兆について塾考するのは
ただひたすら苦悩を先取りし
あらかじめ肥大させるのみ

前途に不安を抱きすぎると
疑心暗鬼を生ずるに至り
実際の危うさをはるかに超えて
凶兆は恐ろしく見えてきます

苦悩とは無縁の安らぎは
無知ゆえにこそ手に入るのです
無学にして賢明なる者こそ
知らぬがゆえに幸いなのです！

炎の王座を追い求めた者が　＊
涙の墓場を見つけたように
知性も無理に飛ぼうとすれば
安全は必ずしも保障されません

過ぎたるはなお及ばざるがごとし
知ることもまた悪習であり
自覚症状がなければないほど
容態はより重篤なものとなります

知性も　好奇心を刺激されて
どこまでも飛び続けようとすると
好奇心を満たすことに没頭し
知の本義を忘れてしまいます

人の手で管理されなければ
果樹も生い茂るばかりで
伸び放題になった枝葉が
結実を妨げるようになります

軽快な熱気球も　その飛行を
重い底荷に制御されなければ
上昇するだけ上昇してしまい
墜落の衝撃ばかりが大きくなります

春にどれほど花が咲き誇っても
秋にまったく結実しないのならば
緑野も無駄に華やかなだけで
何の役にも立たない無用の長物

多くの子を身篭ったところで
流産するなら無意味です
知識で頭を満たすだけでは
知性には何の意味も持ちません

しかも　流産した場合には
必然的にさらなる不幸が続きます
流産した胎児はたとえ死を免れても
大きな障害が残るのですから

知性とは炎のようなもので
燃料のことなど気にもとめず
明るくなればなるほど
より多くの燃料を必要とします

あるいは　主人に盾突く
臣下のようなもので
主人を守るべき武具で
主人を執拗に苦しめます

このようなつらい務めを　＊

このような過酷な仕事を
ひとの子らを鍛えるために
神は与えたまいました

野望に駆られてわが身を蔑ろにするなど
常軌を逸してはいないでしょうか?
これほどわずかしか生きられないなら
勉励することに何の意味があるのでしょうか?

知を授ける学校があるように
学識ゆえに味わう辛苦を　＊
無知によって避ける術を
教えてくれる学校はないのでしょうか!

悠然としながらも隙がなく
天体からおよぼされる脅威を
軽くいなすことができたなら
どれほど幸せに生きられるでしょう!

わが知性よ　学ばぬことを学びましょう
ここまで論じて明らかなように
知識を増やせば増やすほど
生きるための時間を失うのですから

◆作品集第一巻(一六八九年)初収。

＊25　ギリシアの二人の哲学者:快活な性格から「笑う人」と呼ばれたデモクリトスと、厭世的な気質から「泣く哲学者」と称されたヘラクレイトスのこと。同じ光景を前に、デモクリトスは笑い出し、ヘラクレイトスは泣き出したという。六三(五〇)にも同様の表現がある(第九五行から第九六行)。

＊85　炎の王座を追い求めた者が……:ギリシア神話のパエトンおよびイカロスのこと。ともにキリスト教文化では、神と高さを競って天から追放された堕天使および驕慢の寓意とされる。三七(二五)、七三(一四九)、八〇(二一六)なども参照のこと。

＊125　このようなつらい務めを……:旧約聖書の「コヘレトの言葉」における次の記述を踏まえているとされる。「天の下に起こることをすべて知ろうと熱心に探求し、知恵を尽くして調べた。神はつらいことを人の子らの務めとなさったものだ。[…]知恵が深まれば悩みも深まり/知恵が増せば痛みも増す」(一・一三―一八)。

*134 学識ゆえに味わう辛苦：「私にとっては（まだ何も学んでいないのですから）、学びたいと望むことだけでも、十分に大きな労苦をともなったのであり、わが父、聖ヒエロニムスと［…］声を合わせてこう言えるほどです――どれほどの努力を私がしたか、どれほどの困難を味わうことになったか、幾度絶望したか、そしてさらに幾度やめる決心をしながら、学ぶ熱意ゆえに再開したことか［…］と」（「ソル・フィロテアへの返信」旦、一〇三頁）。

七六（一五三）

ソネト

ルクレティアの事績を称揚する　*

名高き淑女　ルクレティアよ
その気高い胸は赤く染まり
流れ出た血潮は邪悪な王に抗して
あの淫らな炎を消し伏せた

あなたの美徳を世の人が讃えるのは
当然のこと　その行動に贈られる
栄誉の冠はこの上なく大きいのに
あなたの頭にはあまりにも小さい

でも　あなたの壮絶な最期の細部を
歴史から葬ることができるなら
あの血まみれの短剣は取り除くべきです

あれほどの不幸を終わらせたとはいえ
短剣の助けを借りて死を遂げたとなれば
貞淑の名を傷つけてしまうのだから

◆作品集第一巻（一六八九年）初収。

＊ ルクレティア：紀元前六世紀のローマの貴婦人。伝承によれば、傲慢王と称された王タルクィニウス（または王子セクストゥス）に陵辱されたことを苦にして、夫コッラティヌスの面前で自刃した。この事件を機に反乱が起こり、王家は追放されて、ローマは共和制に移行したとされる。

七七（一五四）

ソネト

同じ事績をあらためて讃える

タルクィニウスは手練手管を弄して
ルクレティア　あなたを落とそうとした
泣いて押したり　黙して引いたり
心はすべて君のものだ　などとぬかして
でも　しつこく迫られたあなたが
いよいよ陥落したかと思いきや
手に入れるのはシシュポスの苦しみ　＊
また最初から同じことを繰り返す
貞淑なあなたが拒めば拒むほど
王はじらされてますます執着し
激しく興奮して情欲を募らせた

はかりがたきは神のみこころ
貞淑なあなたが　それゆえに名誉を失い
名誉を失うことで　永遠の名誉を得るとは！

◆作品集第一巻（一六八九年）初収。

＊7　シシュポスの苦しみ：ギリシア神話のコリント王。神罰により、転がり落ちる巨大な岩を山頂まで押し戻し続けるという無益徒労の苦行を課せられた。

七八（一五五）

ソネット

ある事件を例に、一途な思いが招く不可避の結末に嘆息する

ポンペイウスの凛々しく気高い妻は　＊
夫の服が鮮血に染まっているのを見ると
夫を失っても自分が生きていることに
悲しみを極め　嘆いてやまなかった

夫と父の間を取り持っていた彼女が
悲しみのあまり息を引き取り
宿していた跡継ぎを流してしまうと
ローマからは平和が失われてしまった

身籠っていた哀れな子を
ユリアが流産していなければ

ポンペイウスは死を免れただろう
これほど残酷な運命を誰が想像しただろう
夫を愛するあまり　その死を恐れていた妻が
夫を愛するあまり　その死を招いてしまうとは！

◆作品集第一巻（一六八九年）初収。

＊1　ポンペイウスの凛々しく気高い妻は……：古代ローマの執政官ポンペイウスは、後に政敵となるカエサルの娘ユリアを四人目の妻とした。政略結婚かつ年齢が離れていたが、夫婦仲は極めてよかったとされ、騒乱で血を浴びたポンペイウスの姿を見て、ユリアはショックのあまり流産する。史実では、再度の妊娠で出産した際に産褥で命を落としているため、ユリアが狂死したというのは、ソル・フアナによる脚色。

七九（一五六）

物質的な炎を精神的な炎である愛に対置し、ポルキアの逸話を引き合いに、怠慢にほかならないと非難する　＊

ポルキアよ　どんな激情や心痛を抱えたら
無残な自殺へと駆り立てられるのですか？
無実のあなたのいったい何が許せなくて
それほど厳しく自分を責めるのですか？
夫ブルトゥスの当然至極の願いに
非情な運命が取り合わなかったとしても
彼には命運が尽きたという不幸だけで充分
安らかに眠る夫を悲しませてはいけません
さあポルキアよ　その熾を捨てなさい

夫を愛するあまり死を望むとしても
愛の炎に熾火など並べてはいけません

12

激情に駆られての所業だとしても
愛の炎に命を絶たれなかったのなら
物質的な炎では徒死にするだけですから

◆作品集第一巻（一六八九年）初収。

＊　ポルキア：ポンペイウスを支持してカエサルと争った古代ローマの政治家・小カトーの娘で、カエサル暗殺を指揮したブルトゥスの二人目の妻となった。聡明な女性で夫婦仲もよく、カエサル暗殺にも参加した。伝承によれば、命運尽きたと悟り自害した夫の後を追って、熾を飲み込み自殺したとされる。

夢

八〇（二一六）

シルバ ＊

「第一の夢」この標題の下、ゴンゴラに倣い修道
女フアナ・イネス・デ・ラ・クルスが創作 ＊

不吉な影のピラミッドが大地から生まれ
虚ろなオベリスクの先端を
尊大にも天に差向け
星辰に挑もうとしていた
しかし　常に煌めく穢れのない
その美しい光は
儚くも恐ろしい影が
黒い蒸気とともに布告する
陰鬱な戦いを
つゆほども近づけようとはしなかった
影は　その黒く不機嫌な顔を
三面なるがゆえに ＊
三重に美しい女神の
球体の外面にすら
近づけることができず
暗い息を吐いては
大気を曇らせ
地上を支配するよりほかなかった

沈黙の帝国で
静寂を満喫しながら
押し殺された
夜禽の声のみ許すと
その陰気で重苦しい声が
静寂を破ることはなかった
悠然と飛翔しながら
耳にも心にも耐え難い声で歌うのは
恥ずべきニュクティメネ ＊
その目論見を果たそうと
神聖な扉に隙間はないか

高い天窓に亀裂はないかと
覗き込んでいたが
輝ける聖なるランタンの永遠の炎に
不敬にも近づくと
ミネルヴァの木が　その実を圧搾し
苦痛の汗を流しながら
強要されて差し出した
透明な液体すなわち油を
穢しながら飲み干してしまった

バッコスを崇めなかったがために　＊
織り上げた布を蔓に
家を野に変えられた娘たちは
無駄話に興じていて
見るも無残な姿に変えられ
羽なき翼の鳥となって
夜陰に紛れてもなお恥じ入って
第二の夜の帳を編んでいたが
かつては機を織っていた
この不遜な三姉妹たちは
凄まじい神罰を受けて裸にされ
肌を褐色にされたうえに
ひどく不格好な翼をつけられて
忌まわしい姿をさらしていた

かつては冥王の使者を務めながらも　＊
軽口が災いして凶兆とされた
不吉な者と連れ立って
身の毛もよだつ不気味な声で
三人娘は合唱を始めたが
ゆっくり　ゆったり　ゆるやかに
歌唱部よりも休止が多く
のろく気だるい
長音階のテンポを待つばかりで
緩慢なリズムをとっていた風も
拍子があまりに遅く重たいため

しばしば途中で眠りに落ちた
この陰気で不気味な合唱隊の
途切れ途切れの侘しい歌は
耳目を集めるどころか
眠気を催していった
その重く悠長な音は
ゆっくりと
静寂へといざない
休息へと四肢を誘惑していった
（人差し指を黒い唇にあて）＊
命あるものたちに
静粛を命ずるのは
粛然たる夜の神ハルポクラテス
その力に訴えずとも
有無を言わさぬ命令に
すべてのものは素直に従った

風は凪いで寂然となり
犬は伏せて寝ていたが
たとえわずかでも
不敬な音を出して
深閑たる静寂を破らぬよう
粒子すら動かさなかった
海も静まりかえり
太陽が眠る紺碧のゆりかごを
ゆすろうとはしなかった
その漆黒の洞窟の奥深く
泥の寝床では
常に寡黙な魚たちが
眠りに落ちてさらに寡黙になり
罪深き美女アルキュオネは　＊
変わり果てた姿を晒して
かつて自分が魚に変えた
一途な求愛者たちの溜飲を下げていた

山の奥深く入ったところ
厳つい岩の洞窟の中
峻険であるよりも
暗黒であるために近寄りがたい
山を熟知した狩人の
健脚ですら覚束ない
真昼をも夜中と見紛う
漆黒の闇の中
凶暴であることを忘れたり
臆病であることを忘れて
獣たちが横たわり
自然が有無を言わさずに課した
睡眠という税を例外なく納めていた
百獣の王も目を見開き
睥睨する振りをして眠っていた

*

かつての名君も
今では猟犬に追い回される
臆病な鹿となり
警戒して耳をそばだて
静まり返った大気の
粒子をゆらすほどの
かすかな動きにも
左右の耳を動かし
眠っていてもなお
わずかな音におののいた

森の奥深くでは
枯れ葉や泥のハンモックが揺れ
その静かな巣では
小鳥たちが眠っていたが
羽ばたくことがなければ
風もしばし安らいでいた

ユピテルの聖獣たる鷲は
女王であるがゆえに

惰眠を貪るのは悪徳だと考え
怠惰の罪を犯さぬよう注意して
眠りに落ちてしまわぬように
片足で立って体を支え
もう片方の足で小石を握っていたが
――眠気に反応する目覚まし時計――
こうして少しでも眠気に襲われたら
居眠りが続かないよう
直ちに中断されるよう
統率者として注意を怠らなかった
わずかな不注意をも許さぬとは
君主たる者の気苦労は尽きることがない！
王冠が円環となっているのは
おそらくこれが理由であろう
王者の気苦労が絶えないことを
黄金の輪は象徴的に示しているのだ

睡眠がすべてを従えていた
静寂がすべてを支配していた
泥棒ですら眠りにつき
恋人たちも目を閉じていた

夜も半ばを過ぎ
丑三つ時を迎えつつある頃
肉体は日中の活動に疲弊して
――身体的な運動による
肉体的な疲労のみならず
喜び楽しむことによっても
人は疲れる（というのも
喜び楽しんではいても休まなければ
感覚器はやがて疲れてしまうから
このようにして自然は
常に平衡を保つために
様々な活動を秤にかけ
働いたら休ませて
この複雑に構成された世界を

制御している）——
こうして手足は
甘く深い眠りに落ち
感覚を受容する器官も
普段の活動から
（労働には変わりないが
愛しうるならば愛すべき労働から）
完全ではなくとも一時的に解放されて
死の生き写したる睡眠に屈した

睡魔はのんびりと武装すると
下賤な杖から高貴な笏丈まで
襤褸《ぼろ》も法衣も区別せず
いかなる例外も設けずに
眠気を催す武器を手に
姑息に攻め　悠然と負かしていった

その天下無敵の物差しは
三重の冠を戴く
至高の法王から
藁の小屋に住む者まで
滔々たるドナウを黄金に染める皇帝から
草の庵で倹しく暮らす者まで
いかなる者をも
例外とはしなかった
眠りの神モルペウスは＊
（無敵の死によく似て）
常に差別のない物差しで
毛織物と金襴を公平に計るのだった

こうして魂は
——良くも悪くも日中は
身体活動に囚われているが——
外界の支配から解き放たれて
しかし完全には分離せずに
一時的な死に囚われた

生気のない手足や休んでいる骨に
必要最小限の養液を
遠くから供給していた

鎮まりかえった肉体は
魂を宿した遺骸のように
生体にしては生気がなく
死体にしては生気が感じられたが
そのかすかな兆候を
人体時計のぜんまいが示していた
緩やかに鼓動を打ちながら
針ではなく拍動によって
見事な律動を外に伝えていた
臓器の王であり　生命精気に満ちた *
生命の中核である　この心臓は
仲間である呼吸器とともに
――この肺臓は　磁石のように
大気を引き寄せるが
しなやかで柔らかく滑らかな管を
乱れることのない動作で
縮めたり伸ばしたりしながら
周囲の新鮮な精気を吸い込み
温めては吐き出していた
吐息は追い出される仕返しに
体温をわずかに掠め取ったが
（塵も積もれば山となる）
まだ主人は気づいていないが
あとになって嘆いても
二度と取り戻すことはできなかった――

この二つの臓器だけは眠らずに
申し分のない証人として
肉体が生きていることを主張したが
この発言に対して　感覚器たちは
声が出ないことだけを論拠に
声なき声で反論した

舌ももつれてまったく回らず
話せぬことをもって反駁した

さらに雄弁に証言するのは
体熱を生み出す中枢の工場にして　＊
全身に養分を配給する恵み深い胃
欲はなく　怠りもせず
身近な臓器を贔屓にすることも
遠い臓器を忘れることもなく
各部位に割り当てるべき
　乳糜《にゅうび》の量を
生得の枡で正確に計っていた
体が冷たくならない限り
食物から精製される
この純粋な物質は
心優しい仲介者により
体熱と湿度との間に差し出されたが
慈悲にせよ　蛮勇にせよ
浅はかにも貪欲な敵を前にすれば
いずれにせよ犠牲を払うことになった
(他人の喧嘩に介入すれば
理由は何であれ　痛い目に遭うことになる)
ウルカヌスの高炉ほどではないが
体温を生み出すこの暖炉は
適温となった四体液の　＊
湿潤で明澄な蒸気を
脳に送った

判断力が想像力に送り
想像力が純度を高めて
さらに安全な保管場所である
記憶力に受け渡した心像は
しかと刻まれ厳重に保管されているが
蒸気がこの心像を
曇らせることはなく　むしろ
多様な虚像が形成される場を

幻想力に提供した
すると　海を行く者たちを
その並ぶもののなき鏡で庇護した
驚異の大灯台の滑らかな鏡面が
ネプトゥヌスの統べる大海原の果て
途方もない遠方で
波を蹴立てて進む遠隔の船を
遼遠にもかかわらず
映し出したように
白銀の月のような鏡が
その数や大きさだけでなく
軽い白帆が風を切り
重い竜骨が波を切って進む間に
揺れる澄明な青海原で
待ち構えている運命をも明瞭に映すように
空想力は静かに
森羅万象の像を映していった
地上のあらゆる被造物の
具象的な形態だけでなく
純粋で抽象的なものの形態をも
目には見えない筆が
暗くても常に鮮やかな
心の色彩を使って描き出し
不可視のものには
与えうる限りの形態を与えながら
自らの内に巧妙に再現し
魂に見せるのだった

浄化された魂は
無形の存在　美しい本質となり
神の似姿として造られたがゆえに
自らの内に共有している
あの輝きを眺めていた
そして　自分を常に捕えて離さず
知的に飛翔することを妨げる
低俗で愚鈍な肉体の束縛から

ようやく解放されたと思い込み
広大な天球の計測や
天体が運行する際に描く
多様な軌道の考察について
思いを馳せた
――ただし　浅はかな星占いは
（平穏を容赦なく掻き乱すため）
重罪として厳罰に処すべきであろう――
魂は　どこまでも上昇し
巨人を率いるアトラスですら
従順に従う小人に見えるほどの
あるいは　荒れ狂う嵐に
決して乱されることのない
オリュンポスの涼しげな額ですら
その麓にも及ばないほどの
高峰にまで昇ったと夢想した
地上では　天に戦いを挑む
巨人族のようにそばだつ
この上なく尊大な火山や
この世の最高峰とされる山が
王冠として戴いている暗雲も
魂が昇った高峰に比べれば
その腰にまでしか届かず
緩い粗末なベルトとなって
無辺の腰に巻きつくしかなかったが
それも　吹きつける風に解かれ
照りつける陽光に霧散した
疾風迅雷の飛翔を誇る鷲も
空高く舞い上がり
日光を一身に浴びながら
（陽光の中に巣をかけようと）
かつてないほど力を込めて
鵬翼を羽ばたかせ
爪で大気を掴もうとしても
空気の梯子をよじ登り
聖域に侵入しようとしても

その高峰の第一層にすら
（つまり　この驚異の山を
三分割した場合の最下層にすら）
到達することはできなかった

二基のピラミッドは　＊
――メンフィスの虚栄であり
建築の極致であり
はためかない堅固な標旗であったが――
その野蛮な戦勝を誇る威容は
歴代ファラオの墳墓および王旗として
――今はカイロと呼ばれる――
偉大なる常勝都市メンフィスと
エジプトの栄光と偉業を
風や空にまで刻みつけ
その大きさに圧倒されて
声を失った名声の女神に代わって
（天に対しては口を慎みながら）
風と雲とに広く告げていた

この二基のピラミッドは
均整を完璧に保ちつつ
先端を見事に尖らせながら
そびえ立っているため
天に近づけば近づくほど
その先端は大気に紛れて
凝視する者の視界から消え
月にも接する振りをしながら
その先鋭な姿を見せなかった
やがて高さに目は眩み
広大な基部のふもとまで
下降というより墜落し
肉眼をもって天に挑んだ不敬を
厳しく罰せられて
回復が難しいほどの
人事不省に陥った

この荘重な王墓は
太陽に敵するどころか　むしろ
（実際に接してもいるとおり）
日光と仲睦まじく　同化せずとも
陽光を全身に浴びているため
その光を反射するばかりで
道行く人がどれほど暑さに疲れ
息荒く足元がおぼつかなくとも
一片の影すら作ってやることはなく
その気配も見せなかった

このエジプトの栄光は
神をも恐れぬ思い上がりは
過ちに盲目の愚かなヒエログリフは
同じく盲目だったギリシアの詩人の　*
甘美な言葉によるならば
——アキレウスの偉業や
オデュッセウスの智略を歌った
この偉大な詩人を
歴史家たちが迎え入れるとすれば
自らの仲間に加えることで
仲間の数ではなく栄誉を増すためであり
それ以外にはありえないのだが——
アポロン自ら口述したという
その長大流麗な詩文から
片言隻句を掠めることは
雷鳴轟くユピテルから
雷光放つ稲妻を奪うよりも
ヘラクレスから
万鈞の棍棒を奪うよりも
はるかに至難の業と思われる
このホメロスの至言によれば
ピラミッドとは
魂が志向するものに形を与えた
内的なものの外的な表徴であり

物質的な象徴に過ぎなかった
つまり野望に燃える炎が
天に向かって上昇する時の
円錐状の形をかたどって
人間の精神はたゆまずに
第一原因を目指すのである
あらゆる直線が向かう中心にして　*
あらゆる実体を有する
無限の円周を

このような二つの人造の山も
(確かに驚異であり奇跡ではあるが)
あの尊大で不敬な塔も　*
―― その罪は時が容赦なく消し去らぬよう
石ではなく言語に刻まれているが ――
あの言語的な多様性により
人類の意思疎通が困難になったことに
痛ましくも示されている塔も
(人類は自然が一つとして産んだのに
ただ言語が異なるだけで
互いに異質に見えてしまうのだ)
魂が ―― どのようにしてか ―― 登頂した
聳ゆる精神のピラミッドに比べれば
足下にも及ばず
これを見た者は誰しも
その頂を天球ではないかと
考えるほどであった

野望に燃える魂は
力の限り羽ばたき
精神に到達しうる
至上の頂にまで昇ったが
自己からあまりに遠く離れたため
新たな領域に脱したとすら感じた
その遥かな高みにおいて
喜びつつも驚き

驚きつつも浮かれ
浮かれつつも呆然となって
月下の至高の女王は
その聡明な美しい目で
とらわれのない鋭い眼差しで
(距離に怯むこともなく
対象を隠そうとする陰鬱な影に
阻まれることも恐れずに)
あらゆる被造物を見渡した

しかし　その巨大な凝塊は
捉えようのない集合体は
目にはすべてが明瞭に
知覚できそうに思われたのだが
頭脳は莫大な対象を前に
動きが鈍り　その規模も
能力を遥かに超えていたため
臆病にも撤退した

身の程をわきまえず
瞳を遥かに凌ぐものと
力を競おうと
むなしい努力をした目は
無謀な試みを後悔し
その目論見を諦めた
――輝ける天体　太陽は
その光を烈火の懲罰に変え
取るに足りぬ力を見下して
慢心に始まり涙に終わった
この無謀な挑戦を
徹底的に懲らしめた
(軽率な試みの代償は高く
翼を失ったイカロスのごとく
自らの涙の海に飲み込まれた)――
悟性は　さらに哀れなことに
(有象無象からなる
球状の集合体の)

重厚長大で
限りのない数と量ばかりか
複雑で多様な性質にも
圧倒されて撤退したが
衝撃のあまり —— 森羅万象のただ中
驚異に満ちた大海に放り出されて
道を失い右往左往しながら ——
なすすべもなく波間を漂っていた

全てを見ながら何も見えず
(回転する巨大な天球の
極から極へと広がる
無限大かつ混沌とした
理解不能な光景を
目の当たりにして
理性の働きは止まり)
世界の構成要素としては
本質的ではない
枝葉末節に過ぎないような
部分だけでなく
広大な宇宙の根幹として
独自の機能を備えた
本質的な部分ですら
認識することができなかった

しかし　久しく暗闇の中におかれて
色彩を目にすることがなかった後に
突如　閃光に襲われて
あふれんばかりの光に
さらに視力を失う者のように
—— 能力が低い場合
その未熟さゆえに
日光をすぐには受け止められず
過剰はむしろ逆効果を生む ——
それまで視覚にとっては
まさに漆黒の障壁だった暗闇に

光から損害を受けたと訴え
眩しさに耐えぬ脆弱な目の
怯える瞳を
幾度となく手で覆い
今や暗影を
心優しい仲介者として
まずは少しずつ慣らしながら
回復するのを待ち
然る後に着々と
任務を果たそうとした
（治験により確かめるという
自然な治療法あるいは本能的な知恵は
無言の師にして
雄弁な鑑であり
この方法によって医師たちは
過度に加熱したり
冷却したり
自然因が作用する際の
知られざる交感や
反発を利用しながら
適切に計量し
慎重に調合して
致死性の有毒物から
秘められた効能を引き出してきたが
不眠不休で
実験を繰り返し
危険性を少しでも抑えようと
動物で治験して
原因は不明ながら否定しえない
薬効を突き止めるのは　まさに驚異
医術の神アポロンも求めてやまない
効験あらたかな解毒剤の調合法が
このようにして発見されてきたように
毒から薬が作られることもある）
同様に　万物を目の当たりにして

恐れをなした魂も
混然一体の光景に散漫となった
意識を取り戻したが
凄まじい驚異からは
回復することができず
思考は麻痺したまま
漠然とした観念の水子を
胚胎するばかりだった
形成が未熟なせいで
雑然と集合しては
雑然と離散し
統合しようとすればするほど
分散してしまう
種々雑多で
曖昧模糊とした像を結んでは
混沌とした無秩序しか描き出さず
森羅万象を強引にまとめようとしても
人間の悟性という小さな器には
最低最小のものすら収まらなかった

そのため　油断ならない海や
吹き付ける風に　迂闊にも
委ねてしまった帆をたたみ
――海に不動を　風に不変を求めるとは
あまりにも不用意だが――
難破した悟性は
不本意ながらも
心の岸に舷を接した
舵は折れ　帆桁は壊れ
船の破片は
砂浜に打ち寄せた
悟性は回復すると
慎重に熟慮し　冷静に塾考し
賢明に判断できるよう
自らに修理を施した
そして　活動範囲をもっと限定して

対象をひとつに絞り
哲学が教えるところの
十の範疇によって　＊
各事象を一般化し
それぞれについて
ひとつひとつ検討する方が
適切であると判断した

この形而上学的な還元によって
(各事物の実体は
概念的に捉えられるようになり
具体は抽象化され
理性は事物から解放されて)
一般概念を作り出すことが可能となる
このようにして　直観によっては
すべての被造物を
把握することはできないという弱点を
工夫を凝らして克服し
階段を一段一段上るように　＊
概念から概念へと
連関的に順を追いながら
認識に至る道を辿ろうとした
つまり　能力には限界があるため
悟性は段階的に推論を重ねながら
漸進しようとしたのである
その力は微々たるものだったが
知識を養分として
学識は確たるものになっていき
遅々としながらも　たゆまぬ学習によって
少しづつ活力を与えられていった
こうして　悟性は元気を取り戻し
至難の挑戦の先にある栄光を
決然と目指した
ひとつまたひとつと素養を身につけながら
万丈の階段を登っていけば

いつしか目の前には

苦難に満ちた努力の心地よい終着点が
辛かった種蒔きがもたらす甘美な実が
（永年の苦労すら忘れるほどの）
栄えある頂点が姿を現し
その聳える額の上に
勇敢な足跡を印せるはず

このような連鎖を辿っていく方法を　*
私の悟性は取ろうとした
つまり（第二原因である自然に
見放された訳ではないが
恵まれることのなかった）
最も低い次元にある
無生物から始め
成長する能力を備えた
より高次の植物界に移る
水の女神テティスの愛息は　*
低次の植物ながら他に先んじて
女神の豊満な乳房から
大地の滋味に富んだ
豊潤な地下水を吸い
この極めて美味な糧から
成長に必要な栄養を摂取している
すなわち植物には　まず吸入し
同化できないものを入念に分離して
不要物として吐き出し
様々な物質の中から
必要なもののみ吸収するという
四つの異なる機能が備わっている

この次元が解明されると
今度は感覚だけでなく
想像力を備えた
より美しい次元の研究に
悟性は取り掛かる
どれほど燦然と輝こうとも

無生物に過ぎない星は
蔑されたわけではないが
この次元に嫉妬を禁じえなかった
（どれほど微小で低俗でも *
生物である限り天頂の星にも勝り
羨まれることになる）
不十分ながらも物質について獲得した
これらの知識を土台として
悟性が次に取り掛かるのは
植物性と動物性と理性を備え
成長し感じ考える力を持った
つまり　下位の次元を総合した
神秘に満ちた驚嘆すべき最高の次元
あるいは　高天に位を極める
穢れない存在である天使と
地を這うようにして生きる
野蛮な動物とをつなぐ
蝶つがいにあたる次元である

この最高の次元にある存在は
五感を備えているばかりか
記憶・理性・意志という
高次の三機能によって導かれているが
全知全能の神の手は　このような力を
いたずらに賜ったのではなかった
地上を支配するものであり *
創造の掉尾を飾るものであり
天と地を結ぶものであり
最高の被造物であり
永遠なる創造主による傑作であり
これをもって　神は心から納得して
偉大なる創造の終わりとしたのであり
尊大にも天に届くかと思いきや
死しては土に戻る
驚嘆すべき作品である
（福音の鷲がパトモスで目にした *
天と地に等しく属する

神聖な幻像や
あるいは　聳える立派な額を　＊
黄金に輝かせながらも
脆弱な泥土の
不安定な土台に立っていたために
わずかな振動でも崩れ落ちた
巨大な像は
その象徴的な姿かもしれない）
つまり　最高の驚異である
人間の考察に悟性は移る
なぜ完全なる総合として
植物とも動物とも天使とも似通い
偉大にして矮小なる存在として
万物の性質を有しているのか？
その理由はおそらく
何よりも恵まれているからであり
愛に満ちた結合により　＊
高められているからであろう
（この恩寵こそ　いかに考察を重ねようとも
決して解明されることのないもの！
しかし　軽視され感謝もされず
忘れられているようにすら思われる）

このように段階的に
研究を進めようとしたが
身近な自然現象に関する
ささやかな疑問すら
解明できない者が
森羅万象を究めようなど
身の程知らずも甚だしいと考えて
思い直すこともあった

滾々たる泉が清澄な流れとなり
淀みで歩みをとどめたり
冥王の恐ろしい宮殿や　＊
途方もない深淵にある

身の毛もよだつ洞窟を
美しい野原や
至福の楽園や
三面を持つ冥王の妻の閨を
興味津々に視察して巡る
その隠れた流路は誰にも知りえない
（その好奇心は常軌を逸してはいても
有益だと言わざるをえないだろう
山や森をかき分け　野や藪を捜索し
命にほかならぬ愛娘を探しながら
心痛で命を縮めている黄金の女神にとっては
たとえ美しい娘を取り戻せなくても
その消息を知ることができるのだから）
あるいは　はかない薔薇は
どのようにあの象牙の姿に
か弱い美しさをとどめているのか
あの緋に純白を混ぜた色彩は
どのように優美な芳香を
身にまとっているのか
あの繊細な美を誇る衣装は
どのように風になびき
琥珀の香水を放っているのか
瑞々しい花弁を重ね
黄金で縁を飾った
その華やかな花冠は
白い蕾が開かれるや
美の女神ウェヌスの甘美な傷から
手に入れた深紅を誇示し
東雲や曙から奪ったかのような
白と紫を混ぜ合わせて
紫だつ白を
白雪の紅を作り出し
玉虫色に輝いて
野の花の喝采を集めるが
それはまるで　色艶を偽って
見る者の目を欺き

猛毒の効果を倍する化粧など　＊
不道徳の見本であり
虚栄であると教えるかのようだった
しかし　これらの仕組みは誰にも知りえない

このような身近なものにさえ
——理性は怖じ気立って繰り返す——
理解力は尻込みし
思考力は卑怯にも逃げ出すならば
あるいは　このように個別的に
——他のものから分離して
関係を考慮せずに——考察しても
なかなか十分には　あるいは決して
理解できないだろうと臆病風に吹かれ
理解力は背を向け
思考力は腰を抜かして震え上がり
困難な戦いに
果敢に挑もうとすらしないのならば
この恐るべき宇宙全体について
どうして考察などできるだろうか？
その凄まじい万鈞の重さは
支えるところを誤れば
アトラスの双肩をも疲弊させ　＊
ヘラクレスの怪力をも凌ぐほどのもの
しかし　天球を支える彼らですら
宇宙を背負うことなど
自然界の解明という難事業に比べれば
はるかに軽く　はるかに容易だと
考えることだろう

しかし　勇気を奮い起こすと
激戦に臨みもせずに
栄冠を諦めようとは
臆病も甚だしいと自ら戒め
果敢の鑑　光輝く青年に　＊
燃え盛る車を駆った勇敢な御者に

目を向けると
その不幸ながらも雄々しい覇気に
心は火を点されるのだった
その姿に見いだしたのは
神罰へのおそれではなく
挑戦者にのみ拓かれる道
一度拓かれてしまえば
次に続く者（すなわち再度の挑戦）を
阻むにたる戒めはなかった
水底深い霊園が
不幸な遺骸を納める紺碧の墓が
雷鳴轟く制裁が
どれほど警告しようとも
決然たる勇気は変わることなく
生を蔑み　破滅の中に
名を永遠にとどめようと決意した
見せしめはむしろ教唆となり
手本あるいは模範となって
二度目の飛翔に挑戦しようと
燃えたぎる情熱に翼を与えると
魂は恐怖を喜びに変えて
勇を鼓し
砈涙の文字で
栄誉を綴ろうとした

（過ちが繰り返されぬためにも
懲罰は公にされませぬよう
むしろ――深謀遠慮する為政者のように――
深い思慮から沈黙が守られ
審理の記録は破棄されますよう
度を越えた傲慢は
有害な見本として
衆目に晒すのではなく
あえて見て見ぬ振りをするか
秘密裏に罰せられますよう
なぜなら　大きな罪悪は

耳目を集め広く伝播されるからこそ
悪影響をもたらすもの
前代未聞の罪ならば
処罰は見せしめにするのではなく
秘密にした方が再発を防ぐのだから）

ところが　悟性が混乱したまま
暗礁の間を漂流し
不可能という岩礁に衝突しながら
進むべき方向を探っていると
まず体熱の燃料が乏しくなってきた
というのも　その温かな炎は
（熱くなくとも炎には変わりなく
燃える時にはもちろん
活発に活動する時には燃料を使うため）
燃料がなくなってくると　しかたなく
よそから燃料を調達して
ゆっくりと確実に
栄養素を消化していたからである
すると　驚異の臓器たる胃では
熱と湿気が接触することによって
沸騰が引き起こされていたが
両者を仲介していた栄養素が不足したため
沸騰することがなくなり　その結果
そこから立ち昇って
理性の王座たる脳に充満していた
（そして　そこから全身を
心地よく麻痺させていた）
催眠性の湿った蒸気も
穏やかに燃える熱によって
消費され始めたため
夢の鎖は徐々に解かれていった
また　力なく横たわっていた手足も
休息することに疲れ
栄養素が不足してきたのを感じて
半ば覚醒し半ば睡眠した状態で

まだ意識的にではないものの
感覚を失っていた神経を
少しずつ伸ばしたり
同じ姿勢に疲れた筋骨の
向きを変えたりして
ゆっくりと屈伸しながら
動きたそうにし始めた
こうして　睡眠によって心地よく
活動を停止していた感覚器も
瞼を薄く開きながら
機能を回復し始めた
そして　蒸気のなくなった脳からは
幻影が逃げ出したが
そもそも希薄な気体に過ぎないため
すぐに煙や風となり
雲散霧消していった
（それはまるで幻灯機が　＊
光だけではなく影の力を利用して
白い壁に鮮やかに映し出す
実体のない像のようであった
光の中で儚くも
消散してしまう影が
検証を重ねて
最適値を正確に測り
精緻なパースペクティブの上に
絶妙な大きさで描き出すことにより
平面ですらないのに
あらゆる次元を備えた
実体であるかのように見える
あの揺らめく映像のようであった）
かたや　燃え立つ曙光の父は
東に向かうべき
刻限の近いことを知り
山際に余光を残して
対蹠の地に別れを告げていた

消えゆく光を震わせながら
あちらで日が沈むと
こちらでは旭日が輝き始めるのだが
しかし　その前にまず
ウェヌスのうららかな明星に
夜は明け染め
老いたティトノスの美しい妻が　＊
夜と対するために千の光を身にまとい
女戦士アマゾンのごとく武装を整えて
美しくも豪胆に
勇ましくも露の涙を浮かべながら
曙光で飾った
凛々しい額をあらわにした

優しくも威勢のよい前奏曲に続いて
燃え盛る太陽が
初々しい薄日を
徴兵しながら
（屈強な歴戦の光は
後衛に配しながら）
太陽から領土を簒奪して
幾千もの影からなる漆黒の王冠を戴き
身の毛もよだつ夜の笏丈で
自らも恐怖を覚える闇夜を
支配していた暴君の前に
姿を現した

東の空で
太陽を先導する麗しき旗手が
光り輝く軍旗をはためかせ
鳥たちが素朴ながらも見事な
鳴き声を響かせて
優しくも勇ましいラッパで
戦闘開始を告げると
　――所詮は小心翼翼とした
臆病な夜の君主は

己の力を示そうと
陰鬱な暗幕を張り
防戦しようと試みたが
浅くとも確実に切りつけられて
傷を負うのを免れなかった
（恐怖を下手に隠そうとしたに過ぎず
強がったところで不首尾に終わり
抵抗は到底無理だと分かっていた）——
生き残る道を抗戦にではなく
退却に求め
角笛を轟かせて
漆黒の部隊を招集し
隊伍を整えて撤退を図るが
峨々たる山の峻嶺から
鮮やかに輝く光明が差して
逃げるそばから
襲撃された
紺碧の空に刻んだ金の轍を周りつつ
ついに太陽が姿を現すと
燦然と輝く旭光は
幾千もの矢となり
黄金の川となって
日輪から十方に放たれ
蒼穹いっぱいに広がった
絶対君主として君臨していた
不吉な夜も　隊を組んで攻撃されるや
己の姿にすら恐れ慄き
己の影を踏みつけながら
慌てふためいて潰走を始め
西の空へ逃れようとするが
率いられる影の軍隊は
光の追撃を免れず
はやくも乱れて総崩れとなった
敗走の末にようやく
西の空に迫ると

零落の末に息を吹き返し
衰滅の果てに勇を鼓して
太陽が留守にした
地球の裏側にまわり
再び反旗を翻して
君臨しようと意を決した

かたや　こちら側では太陽が
美しい黄金のたてがみを輝かせ
その偏りのない公正な光に
あらゆる被造物は
色彩を取り戻し
感覚器は
再び機能し始め
至上の光に照らされて
世界は輝き　私は目覚めた

◆作品集第二巻（一六九二年）初収。

＊シルバ［silva］：一般に、七音節と十一音節の詩行を自由に組み合わせた詩型。したがって連によって分割されないのが特徴だが、現代の校訂版では読者の便宜をはかって様々な分割が試みられている（ゴンサレス・ボイショ版はサバット・デ・リバース版に従って全体を三部に分け、さらに細分化している）。翻訳にあたっては、シルバの連綿とした雰囲気を伝えるために全体を三部に分けることはせず、ただし読みやすさを考慮して適宜分割した。

＊第一の夢……：この解題は、作品集第二巻の編者であるフアン・デ・オルエ［Juan de Orúe］が、ソル・フアナから提出された五〇枚ほどの原稿を出版地であるセビリャで整理した際に付したもの。『ソル・フィロテアへの返信』では「私が自分自身の嗜好によって書いたものなど、「夢」と人々が呼んでいる紙切れひとつを別にすれば、思い出すことができないのです」（旦、一五六頁）と、単に「夢」となっている。他方、例えば五五（二一四）のオビリェホでポロ・デ・メディナを模したように、ソル・フアナはゴンゴラの「第一の孤独」に倣って（あるいは向こうを張って）「第一の夢」と呼んでいたと考えられる。

＊12　三面なるがゆえに……：新月・半月・満月の三相を持った月、あるいはセレネ、アルテミス、ヘカテ（またはペルセポネ）が三相一体となった月の女神のこと。

＊27　恥ずべきニュクティメネ……：レスボスの王女ニュクティメネは、父に犯されたことを恥じて森に逃げ、憐れんだ女神アテナによってフクロウに姿を変えられた。

＊39　バッコスを崇めなかったがために……：ギリシア神話のミニュアスの三人娘は、ディオニュソス（ローマ神話のバッコス）の祭儀に参加す

るのを拒み、機織りを続けたため、怒ったディオニュソスによって姿をコウモリに変えられた。

＊53　かつては冥王の使者を務めながらも……：冥王ハデスの使者だったアスカラポスは、女神ペルセポネが冥界でザクロの実を食べたと証言したため、地上に戻れなくなった女神の怒りを招き、不吉な鳥であるミミズクに姿を変えられた。

＊73　人差し指を黒い唇に当て……：古代エジプトの神ハルポクラテスは、ギリシア神話に取り入れられると、指をくわえた幼児の姿が指を唇にあてて沈黙を命じる姿と誤解され、沈黙の神として崇拝された。

＊93　罪深き美女アルキュオネは……：夫婦仲の良かったアルキュオネは、夫を「ゼウス」と呼ぶに至り、怒ったゼウスによって海鳥に姿を変えられた。「求愛者たちを魚に変えた」というのは「その魅力という網で求愛者たちの心を一網打尽にした」という比喩。

＊113　かつての名君も……：狩りに興じていたアクタイオンは、アルテミスがニンフたちとともに水浴びするところを目撃してしまったために、鹿に姿を変えられ、自分が連れていた猟犬に噛み殺されてしまった。

＊188　眠りの神モルペウス：一般的には、眠りの神はヒュプノス（死の神タナトゥスの異母兄弟）とされ、その息子のモルペウスは夢の神とされる。

＊210　生命精気［espíritus vitales］：古代ローマのガレノスの生気論によれば、肉体を動かすエネルギーとしての生気は、肺を通して空気中から取り込んだ「生命精気」、この生命精気から脳で生成される「動物精気」、そして肝臓で血液から生成される「自然精気」の三形態をとるとされた。

＊235　体熱を生み出す中枢の工場：当時の生化学によれば、胃は肝臓と心臓が生む熱によって食物を消化し、抽出された乳糜は肝臓で精製されて血液と混ざり、全身に運ばれるとされた。なお、ゴンサレス・ボイショ版では（メンデス・プランカルテ版に従って）〈científica［科学的な］〉となっているが、これは作品集第二巻の一六九三年版にのみ認められる誤植であり、他の版では〈centrífica［中枢の］〉となっていることから、翻訳では後者を採用した。

＊254　四体液［cuatro humores］：血液・粘液・黄胆汁・黒胆汁のこと。この四種類の体液を人間の基本体液とする四体液説によれば、人間の性格や体調を左右すると考えられた。

＊340　二基のピラミッド……：ギザの三大ピラミッドのうち、クフ王とカフラー王のピラミッドを指している。

＊382　盲目だったギリシアの詩人：ホメロスのこと。ただし、ホメロスはピラミッドに言及していないとされる。

＊409　あらゆる直線が向かう中心……：「すべてのものは神から出ており、神は中心であると同時に円周であり、生まれたすべての線が出ていき、また、行きつくところなのです」（『ソル・フィロテアへの返答』旦、一〇〇頁）。

＊414　あの尊大で不敬な塔：バベルの塔を指す。ちなみにソル・フアナは、聖体劇『神聖なるナルキッソス』［El divino Narciso］でもバベルの塔に言及している（第四八七行－第五〇七行）。

＊578　十の範疇：アリストテレス哲学における、実体・量・質・関係・場所・時間・位置・状態・能動・所動の十項目のこと。

＊592　階段を一段一段上るように……：「すでに述べたように、常に勉学の歩みを聖なる神学という頂きに向けていました。でも、そこまで到達するには、人間の科学と学術という階段をのぼっていく必要があると私には思われました」（『ソル・フィロテアへの返答』旦、九四頁）。

＊617　このような連鎖を……：「この連鎖こそ、古代の人たちが、ユピテルの口から出ていて、すべてのものは互いに繋がっていると考えたもの

です。アタナシウス・キルヒャー神父さまが『磁石について』という興味深い深い著書でそのように示しています」（『ソル・フィロテアへの返信』旦、一〇〇頁）。

＊626　水の神テティス：初版以降、古い版ではすべて〈Themis［正義の女神テミス］〉となっており、これを尊重する研究者もいるが、翻訳にあたっては全集の校訂を行ったメンデス・プランカルテが文脈を踏まえて行った修正〈Thetis［海の女神テティス］〉を採用した。

＊650　どれほど微小で低俗でも……：「何かを目にして思いを巡らさないことはありませんでした。何かを聞いて考察しないことはありませんでした。たとえそれがほんの些細な、卑下たものであっても。なぜなら、どれほど低い被造物であっても、その中に「神が我を作った」ということが見てとれないものはなく、しかるべく考察すれば、知性に驚きをもたらさないものはないからです」（『ソル・フィロテアへの返信』旦、一二二頁）。

＊670　地上を支配するもの：「神は言われた。「我々にかたどり、我々に似せて、人を造ろう。そして海の魚、空の鳥、家畜、地の獣、地を這うものすべてを支配させよう」（『創世記』一・二六）。

＊680　福音の鷲が……：「わたしはまた、もう一人の力強い天使が、雲に身をまとい、天から降って来るのを見た。頭には虹をいただき、顔は太陽のようで、足は火の柱のようであり、手には開いた小さな巻物を持っていた。［…］」（『黙示録』一〇・一―二）。

＊683　聳える立派な額を……：「王様、あなたは一つの像をご覧になりました。それは巨大で、異常に輝き、あなたの前に立ち、見るも恐ろしいものでした。それは頭が純金、胸と腕が銀、腹と腿が青銅、すねが鉄、足は一部が鉄、一部が陶土でできていました。見ておられると、一つの石が人手によらずに切り出され、その像の鉄と陶土の足を打ち砕きました。鉄も陶土も、青銅も銀も金も共に砕け、夏の脱穀場のもみ殻のようになり、風に吹き払われ、跡形もなくなりました」（『ダニエル書』二・二）。

＊698　愛に満ちた結合［amorosa unión］：キリストにおいて神性と人性が混合も分離もせずに結合されているという、位格的結合のこととされる。

＊715　冥王の恐ろしい宮殿……：ゼウスと穀物の女神デメテルの娘ペルセポネは、冥界の王ハデスにさらわれ、その妻となった。

＊753　猛毒の効果を倍する化粧：化粧品として当時広く使われた〈albayalde［白鉛］〉と〈solimán［塩化水銀］〉は、どちらも有毒な物質。その効果を倍するというのは、化粧は人の目を欺くため、精神的な毒でもあるという意味。

＊774　アトラスの双肩をも疲弊させ……：ギリシア神話で、オリンポスの神々との戦いに敗れた巨人神アトラスは罰として世界の西の果てで天空を支え続け、英雄ヘラクレスは十二の難業を成し遂げる際にアトラスに代わって天空を支えた。

＊785　果敢の鑑　光輝く青年……：ギリシア神話のパエトンのこと。太陽神である父の馬車を御し損ねて大地を焼き払いそうになったため、ゼウスに撃ち落とされた。キリスト教文化では、一般にイカロスと並んで、神と高さを競って天から追放された堕天使および驕慢の寓意とされるが、ソル・フアナにおいては、難事に挑戦する勇気の象徴として繰り返し称賛されている。三七（二五）や七三（一四九）なども参照のこと。

＊873　幻灯機［linterna mágica］：一七世紀のイエズス会士アタナシウス・キルヒャー［Athanasius Kircher］（一六〇一―一六八〇）はあらゆる学問に通じた学者で、幻灯機やカメラを発明（または復元）したとされ、その原理を説明した『光と影の大いなる術［*Ars Magna Lucis et Umbrae*］』について、ソル・フアナは親友のカルロス・デ・シグエンサ・イ・ゴンゴラ［Carlos de Sigüenza y Góngora］（一六四五―一七〇〇）らを

通じて知っていたとされる。なお、六三（五〇）ではキルヒャーの『結合術』に言及している。

＊898　老いたティトノスの美しい妻：暁の女神エオス（ローマ神話のアウロラ）のこと。

訣辞

八一（五一）

ロマンセ

作品集への賞賛を惜しまなかったヨーロッパの比
類なき詩人に感謝して（未完遺稿）＊

詞藻ゆたかな詩聖の皆さま
甘美な歌声の白鳥の皆さま
いつ　あの不出来な拙稿を
ご高覧いただいたのでしょうか？

なぜ　あれほど私を褒め
称えてくださるのでしょうか？
遠来の作品集だからといって
お世辞が過ぎないでしょうか？

私をどれほど高く見積もり
どれほどの巨人に彫像したのでしょうか？
当の本人の身の丈といえば
あまりにも低いというのに

皆さまが想像しておられる詩人は
私ではありません　私の名の下に
皆さまがお創りになった別人であり
新たな息を吹き込んだ他人に過ぎません

私を褒めてくださった皆さまは
私を多様に描いてくださいましたが
その姿はいずれも私のものではなく
皆さまの想像を写したに過ぎません

触れ込みに惑わされたのでしたら
私も驚くことはないでしょう
人は親愛の情を抱くと　実際よりも
過大に評価してしまうものですから

しかし　暇を持て余した折などに
手慰みに書き散らしただけの
生硬な落書きに過ぎない拙稿が
本当にご高覧を賜ったのでしたら

どうして不相応な賛辞を
私に惜しまないのでしょうか？
外交辞令とは　それほどまでに
事実を蔑ろにするのでしょうか？

お務めの合間を縫って　＊
わずかに見出した時間に
少しばかり学んだに過ぎない
私のような無知な女性に

もともと痩せた土地なのに
私を宿してしまったために
枯れてしまうような畑で産まれた
月足らずの無様な出来損ないに

幼少の頃を振り返ってみても
自分の乏しい頭に頼るしかなく
それ以外には師を持たなかった
教育も教養もない無学の者に

教室においても教会においても
世の人々から俊英と謳われた
頭脳明晰で才気煥発な皆さまが
どうして賛辞を送れるのでしょうか

どのような星が天上に現れて
その他の天体に影響を及ぼし
運命を意志に見せかけて
皆さまを靡かせたのでしょうか？

故郷インディアスの薬草から

抽出され注入された成分が
どのような薬効を現して
拙文を魅惑的にしたのでしょうか？

距離を隔てているために
どのような効果が生じて
調子の外れた拙作の音を整え
調和させたのでしょうか？

角度をかえて見ることにより
どのような補正がなされて
書きなぐられただけの裸体が
綺羅を飾ったのでしょうか？

私は　不相応な褒め言葉や
あまりにも不適切な賛辞といった
うねり渦巻く波に飲み込まれ
幾度となく溺れたことでしょう

あるいは光の海で身を焦がし
パエトンのように命を落としたり
あるいはナルキッソスのように
幾度となく危殆に瀕したことでしょう

もし私が身の程知らずだったならば
醜い脚を自覚している孔雀のように
わが身の至らぬことを自覚して
拳々服膺することがなかったならば

皆さまからお褒めに預かり
私は恥ずかしくてたまりません
光り輝く皆さまに照らされて
欠点が目立ってしまうのです

太陽が眩いばかりの光を放ち
不透明な物体に照射する時

恩恵を施しているつもりでも
損害をもたらしております

濃密かつ猥雑な物体が
光の侵入を阻もうと
複雑に入り組んだすき間を
余すところなく閉じるため

光は物体を通過することなく
その表面に押しとどめられて
どれほど照射しようとも
影を生じさせるだけなのです

同様に　皆さまの高尚な賛辞は
私が書き散らした冗文が
どれほど無様であるかを
照らし出すだけなのです

皆さまからの大仰なお言葉は
魂を伴わない浅はかな愚作には
冷たく硬直した遺骸を納める
荘重な墓所のようなものです

命を持たない塵埃のために
わざわざ碧玉と大理石を使い
不必要に立派な櫃を設えた
壮麗な霊廟のようなものです

受け取られるものはすべて　＊
それ自体の大きさではなく
受け取るものの大きさに従って
受け取られるものです

皆さまに合わせて想像された私が
大きくなるのは当然のことですし
皆さまの着想ならば　必然的に

驚嘆に値することになるでしょう
皆さまが褒め称えているものは
ご自身の観念を投影した虚像です
それはご自身のものである以上
自画自賛していることになります

ご自身の着想を投影した像を
どうぞ褒め称えてください
月桂冠の栄に浴するのは
皆さまなのですから

あるいは　私が女性であることが
皆さまに大きな作用を及ぼして
ただもの珍しいだけのものが
稀有の才能に見えるのでしょうか
もしそれだけのことでしたら
十二分にお褒めいただきました
もうこれ以上　私などのために
絶唱することはおやめください

聡明な皆さまがこぞって
私を称賛するのを見たら
感情が知性を支配していると
誰もが考えるに違いありません……

◆作品集第三巻（一七〇〇年）初収。

＊　一六九二年に出版されたソル・フアナの作品集第二巻には、彼女を称える詩文が百ページほど収録されており、このロマンセはその寄稿者に向けて書かれたもの。ソル・フアナの死後に未完の手稿が発見され、作品集第三巻に収録された。

＊33　お務めの合間を縫って……：「私が勉強に当てているわずかな時間というのは共同体の規則で定められた活動を終えて余った時間であるわけで、それは他の同僚にも同じように余っているので、私の邪魔をしにやってくることができてしまうのです」(『ソル・フィロテアへの返答』日、一〇二頁)。一（一）も参照のこと。

＊105　受け取られるものはすべて……：原文は〈Todo lo que se recibe, / no se mensura al tamaño　que en sí tiene, sino al modo / que es del recipiente vaso.〉。トマス・アクィナス『神学大全』の一節(1a, q. 75, a. 5)、〈Quidquid recipitur, ad modum recipientis recipitur.［けだし、すべて何ものかのうちに受け容れられるところのものは、そうした受け容れるものの仕方に従ってそれのうちに受け容れられるものなることは明らかである］(大鹿一正訳)〉を引用したものとされる。

訳者あとがき

植民地時代におけるラテンアメリカの文学は、スペイン黄金世紀文学の絶対的な影響下に行われたが、そのような状況において〈十番目の詩女神〉とも〈メキシコの不死鳥〉とも称された修道女、ソル・フアナ・イネス・デ・ラ・クルスSor Juana Inés de la Cruzは、植民地時代最大の詩人・劇作家として、スペイン植民地のみならず、諸外国でも大いに名を馳せた例外的な存在とされる。しかし、当時のカトリック諸国の中でも特に男性優位の傾向が強かったスペインの植民地で、修道女として生きることを強いられた彼女は、天賦の詩才と旺盛な知識欲とを持ち合わせながらも、女性であるがゆえに社会からの偏見や嫉妬に悩み、教会権力との軋轢に苦しんでもいる。ここでは、初めてソル・フアナを読む読者を念頭に、ただひたすら「まったき人」として生きようとした彼女の生涯を追いながら、その主な作品を紹介することにしたい。

ソル・フアナの作品集第三巻（一七〇〇年）に付された出版許可によれば、フアナ・ラミレス・デ・アスアヘJuana Ramírez de Asuaje（のちのソル・フアナ）は、一六五一年十一月十二日、メキシコ市郊外のサン・ミゲル・ネパントラSan Miguel Nepantlaで、バスク出身とされる男性ペドロ・マヌエル・デ・アスアヘPedro Manuel de Asuajeと、クリオリャ（植民地生まれの白人女性）のイサベル・ラミレス・デ・サンティリャナIsabel Ramírez de Santillanaとの間の三人の婚外子の末子として生まれた。ただし生年月日については、一九六二年に公表されたイネスという女性の洗礼記録にもとづいて、一六四八年十二月二日だと考える研究者もいる。いずれにせよ父親はフアナの出生後しばらくして姿を消し、母親は別の男性とさらに三人の婚外子をもうけている。これは六一(九五)番のレドンディリャでは汚点であるかのように表現されているが、当時の社会では特別に珍しいことではなかったようで、むしろ農園を経営して男性に頼ることなくたくましく生きる母の生き方は、フアナの男女観や人生観に大きな影響を及ぼしたとされる。

フアナは知的好奇心の強い早熟な少女だったようで、自ら語るところでは、三歳頃には読み書きを覚えて祖父の蔵書に親しみ、好物だったチーズも頭に悪いと聞けば口にすることをやめ、メキシコ市に大学があると聞けば男装してでも入学したいと母親に嘆願したという。また、マルティン・デ・オリバス学士Martín de Olivasからラテン語を習った際には「無知な頭を髪の毛で飾ることなど道理には思われなかったので、学習が予定通りに進まない時には、髪の毛を切るということを自らに課し」、のちに副王が四十人もの専門家を集めて行った試験では、すべての質疑に見事に解答したばかりか、その時の気持ちを「うまく刺繍できた時のようにうれしかった」と述懐している。

一六五六年、フアナは母方の親戚に預けられる形でメキシコ市に上京する。その博識と文才(と美貌)はやがて広く知られるようになり、一六六四年には、第二十五代副王マンセラ侯アントニオ・デ・トレド・イ・サラサルAntonio de Toledo y Salazar, marqués de Manceraの妃レオノル・デ・カレトLeonor de Carretoの侍女として採用される。才色兼備のフアナに対する副王夫妻の寵愛は篤く、特に副王妃は「フアナ・イネスなしにはいっときもお過ごしになれぬ」ほどの溺愛ぶりであったという。侍女となったフアナは貴人の誕生日や葬式をはじめ、宮廷でのあらゆる行事に際して詩作を依頼された。また恋愛詩の多くは、この頃に書かれたものだと考えられている。

ファナが宮廷での文化的な生活に大いに満足していたであろうことは想像に難くない。しかし、当時の女性には、結婚するか修道院に入るかの二つの選択肢しか許されていなかった。幼い頃から知的欲求が強く、「学習の自由を侵されることなく一人で暮らしたい」とすら考えていた彼女にとって結婚はありえない選択だったが、修道院もまた「理想の環境ではない」と考えていた。結局、「より都合がよいと思われた」との理由で修道女の道を選ぶが、後悔することもあったようだ。

一六六七年八月、ファナは跣足カルメル会に入るが、同会の規則があまりにも厳しかったため、病弱を理由に十一月には退出してしまう。その後、当時のメキシコで最も権威のあった神父のひとりであり副王夫妻の告解師でもあったイエズス会士アントニオ・ヌニェス・デ・ミランダ神父Antonio Nüñez de Mirandaの熱心な勧めにより、一六六九年二月、今度は聖ヒエロニムス会修道院に入り、修道女ソル・ファアナ・イネス・デ・ラ・クルス（「十字架のファアナ・イネス」の意。ソルsorとは、修道女の名につける敬称）として終生を過ごすことになる。

知的欲求を満たすために修道女の道を選んだソル・ファアナだったが、しかし彼女を待っていたのはヌニェス神父による抑圧だった。精神的父親として精神的娘を深く愛した神父は、娘が聖女として神にお仕えすることのみを望み、恋愛詩をはじめとする文芸活動を世俗的であると激しく非難して、執筆には許可を求め、執筆したものは検閲したのである。また抑圧は神父によるものばかりでなく、女子修道院長には字が男性的である（すなわち巧い）からもっと女性的に（すなわち他の修道女のようにもう少し拙く）書くよう指示されたり、時には読書さえも禁じられた。実際、修道女となってからの最初の十数年間、ソル・ファアナは創作らしい創作をしていない。

広義の文学を卑俗なものとして断罪したヌニェス神父だったが、聖なる活動としてソル・ファアナに執筆を認めたジャンルがあった。ビリャンシコvillancicoと呼ばれる聖歌である。聖母や聖人を讃えるビリャンシコは、形式もテーマも限定されていることもあってマンネリズムに陥りやすく、またソル・フアナのものとされる作品に他の作家の作品が混ざっていることも少なくなかったが、対話形式を最大限に生かしながら、ラテン語ばかりでなく黒人やインディオの言葉遣いなど市井の人々の声を取り入れた軽妙なやりとりによって、種々の奇跡を讃えた彼女のビリャンシコは民衆を魅了し、メキシコ市やプエブラ市など各地の大聖堂で歌われた。

一六八〇年、ビリャンシコ作家として好評を博しながらもヌニェス神父による抑圧に苦しんでいたソル・フアナに、一大転機が訪れる。スペインから派遣される副王の着任式は、副王領における最大の行事のひとつとして様々な催し物によって盛大に演出されたが、この年、第二八代副王として着任するラ・ラグナ侯爵トマス・アントニオ・デ・ラ・セルダTomás Antonio de la Cerda, marqués de la Lagunaを歓迎するため、メキシコ市参事会は当代随一の知識人カルロス・デ・シグエンサ・イ・ゴンゴラCarlos de Sigüenza y Góngoraに、大聖堂参事会はソル・フアナに、それぞれ凱旋門のデザインを依頼したのである。

凱旋門の歴史は古代ローマにまでさかのぼるが、ルネサンス期のイタリアではローマ時代の戦勝記念にならった「トゥリオンフォ」と呼ばれる凱旋式が盛んに行われ、これがヨーロッパ各地に広まって、スペインやヌエバ・エスパニャ副王領にも導入されていた。この凱旋門は一時的に設置される木工細工の張子であったが、意匠を任された者が学殖を駆使して主題と寓意を考案し、職人が大理石かと見まごう彫像や浮彫を施した立派な門であり、副王一行はこの門の前で楽器の演奏と式辞をもって迎えられた。寓意はまず美辞麗句に溢れた韻文によって説明され、参加者には意匠の全体像と寓意を散文によって詳細に解説した冊子が配布された。

このような凱旋門の意匠として、シグエンサ・イ・ゴンゴラが歴代のアステカ王を配してその美徳を誇示したのに対し、ソル・フアナは副王の肩書ラグナが「湖沼」を意味することに目をつけると、海神ネプトゥヌスの偉業になぞらえて、偉大なる為政者にして文化の庇護者、水上の都テノチティトラン(＝メキシコ)の理想の統治者であると副王夫妻を讃え、さらにはメキシコ市の灌漑工事と大聖堂の完成までも嘆願したのである。この凱旋門をソル・フアナ自ら散文で解説したのが「ネプトゥヌスの寓意」*Neptuno alegórico*であり、韻文にまとめたのが「凱旋門解説」(五四番)である。

凱旋門などという極めて世俗的な事業にソル・フアナが参加し好評を博したことは、ヌニェス神父の逆鱗に触れる。しかし、今度は彼女も黙ってはいなかった。副王の歓迎式典から二年を経た一六八二年、これまでの不満を綴った書簡を神父に送り、訣別を宣言したのである。ソル・フアナのこのような強気な態度には理由があった。彼女の凱旋門は副王夫妻を大いに喜ばせ、この結果、副王という至上のパトロンを手に入れることに成功していたのである。ことに高い教養を備えた副王妃マリア・ルイサMaría Luisaとは趣味が合い年齢も近かったため意気投合し、「リシさま」と呼んで慕った。また副王妃も詩人の良き理解者として公私にわたって援助を惜しまなかった。当時三巻本にまとめられたソル・フアナの作品集は版を重ね、新古典主義を迎えるまでの四十年間、他の追随を許さぬベスト・セラーであったが、その記念すべき第一巻『カスタリアの泉』*Inundación castálida*が一六八九年にマドリードで出版されたのも、副王妃の尽力によるところが大きかった。ヌニェス神父から解放され、副王妃の庇護を得た彼女は、以後十数年間、小説を除くあらゆる文学形式にその才能を発揮し、旺盛な創作活動を展開する。

まず、ソル・フアナは貴人を讃えることを目的としたロアloaと呼ばれる寸劇の他、コメディアを二篇、聖体劇を三篇、手掛けているが、これはかなり異例のことだった。メキシコにもすでに劇団や常設の劇場が存在し、コメディアcomediaと呼ばれる民衆劇の上演は副王や大司教の歓迎式をはじめとして公的な行事に不可欠のものだったが、上演される戯曲については植民地生まれの作家が新作を依頼されることは稀であり、たとえ依頼されたとしてもスペイン人作家の手になる本編の休憩時間に上演される幕間劇にとどまったからである。

コメディア『思惑の家』*Los empeños de una casa*は、一六八三年十月、メキシコ市の新大司教として着任したフランシスコ・デ・アギアル・イ・セイハスFrancisco de Aguiar y Seijasを歓迎するために催された祝宴で上演された。ヒロインのレオノルはカルロスと相思相愛だが、父親が二人の結婚を認めないため、ある夜、駆け落ちを試みる。しかし、彼女に心を寄せるペドロが二人の間を裂こうと、司直に扮して彼女を奪い自宅に軟禁してしまう。一方、ペドロ扮する司直の手を逃れたカルロスとその下男カスタニョもまた、カルロスに思いを寄せるペドロの妹アナの手により同じくペドロの家にかくまわれる。兄妹はそれぞれの思惑を果たそうとするが、下女セリアがアナの元恋人フアンを兄妹に内緒でかくまっていたため、誤解が誤解を生んで大騒動となる。結局、レオノルはカルロスと結ばれ、アナは体面を守るためにフアンとの結婚を承諾し、ペドロはレオノルとの結婚を諦める。

三角関係ならぬ五角関係にある男女間の恋愛喜劇であり、典型的な〈マントと剣のコメディア〉である本作において、ソル・フアナは、幕間劇における本編批評というメタ演劇性や随所に先行作品のパロディを挿入するだけでなく、ヒロインのレオノルに自伝的な逸話を語らせたり、女装する羽目になった下男カスタニョに男性中心的な社会を批判させるなど、女性ならではの視点から新たな要素を付加しているとされる。

また、一六八九年一月には、第三十代副王ガルベ伯ガスパル・デ・ラ・セルダ・シルバ・サンドバル・イ・メンドサGaspar de la Cerda Silva Sandoval y Mendoza, conde de Galveの誕生日を祝して、テセウスとアリアドネの神話に取材したコメディア『愛はさらなる迷宮』*Amor es más laberinto*を執筆（第二幕はファン・デ・ゲバラJuan de Guevaraが担当）、副王宮で上演している。

他方、最後の晩餐における聖体の秘蹟を記念するために復活祭から六十日目の木曜日（あるいは次の日曜日）に設けられた聖体の祝日Corpus Christiに、聖体の秘蹟を讃える目的で上演された一幕ものの寓意的な詩劇が、聖体劇auto sacramentalである。その第一人者とされるスペイン・バロック演劇の巨匠ペドロ・カルデロン・デ・ラ・バルカPedro Calderón de la Barcaの聖体劇『神聖なるヤーソン』*El divino Jasón*を想起させる題名の下、同じくカルデロンのコメディア『エコーとナルキッソス』*Eco y Narciso*と同じ神話を下敷きにして、ソル・フアナは『神聖なるナルキッソス』*El divino Narciso*という聖体劇を執筆している。

美しいニンフ〈人類〉は、犯した罪ゆえに泉を濁らせてしまい（＝原罪）、〈ナルキッソス〉（＝イエス）の姿を愛でることができないでいたが、〈恩寵〉の助けによって罪を洗い流し（＝洗礼）、泉のほとりで彼を待っていた。そこへ、別の美しいニンフ〈エコー〉（＝悪魔）の誘惑をしりぞけた〈ナルキッソス〉が現れるが、彼は汚れなき泉（＝聖母マリア）の水面に映じた自らの姿（＝人類）を愛し、その愛ゆえに絶命する（＝十字架上の死）。嘆き悲しむ〈人類〉に、〈人類〉への愛の証として〈ナルキッソス〉は白い花（＝聖餅と聖杯）となり地上にとどまったのだと〈恩寵〉が説明して、秘蹟が讃えられる。

ギリシア・ローマの神話は寓意的な解釈を通じてキリスト教倫理の中に取り込まれ、ルネサンス期には異教秘儀として徹底的に釈義されたが、このようなキリスト教的道徳体系において、ナルキッソスの神話は傲慢と自己愛の寓意とされてきた。しかし、ソル・フアナはこれら負の属性をナルキッソス（＝キリスト）ではなく、その敵対者であるエコー（＝悪魔）の部下として提示するとともに、ナルキッソスの美しさを神の美しさと重ねることによって、泉に映じた姿を神の似姿である人類のものに、自己愛を人類への愛に、はかなさの象徴であった花への変身を聖体の実体変化へと見事に変容させている。

なお、本篇への導入として上演されたロアと呼ばれる寸劇では、スペインによるインディアスの征服とキリスト教への改宗を取り上げて、武力に訴えて改宗を迫る〈熱情〉（＝征服者《コンキスタドル》）に対して〈アメリカ〉（＝インディオ）に信仰の自由を主張させているが、マドリードでの上演を前提に執筆されたことを考慮するならば、このような〈アメリカ〉の姿には征服者の一方的な論理を批判する意図も込められていただろう。

聖体劇としては他に、旧約聖書の創世記で描かれるヤコブの子ヨセフの生涯に材を取った『ヨセフの杖』*El cetro de José* 六世紀の西ゴートにおける王子ヘルメネギルドのアリウス派からカトリックへの改宗に寓意を求めた『秘蹟の殉教者、聖ヘルメネギルド』*El mártir del sacramento* の二篇を残している。

ところで、高位聖職者に対する自己弁護のためとはいえ「自分の意思によって執筆したことはなかった」とまで言い切るソル・フアナが、唯一例外として挙げているのが長編詩『第一の夢』*Primero sueño* である。華麗で難解な文体で知られるルイス・デ・ゴンゴラの『第一の孤愁』*Primera soledad* を思わせる題名を冠したのは、劇作においてカルデロンの向こうを張ろうとしたように、スペイン・バロック詩の高峰に挑むためだったとされる。実際『第一の夢』は、発表当初からゴンゴラの『孤愁』と比較され、その関係において評価されてきた。ラテン語詩を範とした複雑な語順の転換、古典や神話に依拠した難解な比喩や教養語を駆使した修辞は、たしかにゴンゴラのものである。しかし、その詩的言語を自家薬籠中のものとした上で、ソル・フアナは独自の詩的世界を創造している。

擬人化された影があらゆる者を眠りへと誘い、闇夜が世界を支配し始める。すると、当時の生理学に従って夢が生成され、その夢の中で詩人の魂は肉体から解放されて天高く飛翔し、森羅万象を直覚的に把握するという全知の夢を果たそうとする。しかし、すべてを一挙に理解することも、段階的な学習によっても目的を果たせぬことを悟って絶望する。太陽の二輪車を御すことを試みたパエトンの姿に自らを重ねた魂が、能力の限界を自覚しながらも敢えてその限界に挑戦し続けることを決意すると、朝が到来して闇も夢も霧消し、魂は肉体に戻って「私」は目覚める。

本来は土という最も低い物質に縛られた人間も、精神の高さと知性の努力とによって物質の桎梏を超え神の領域にまで到達することができる、というルネサンス的人間観を反映させながら、牧歌的風景という具象的世界ではなく、全知への希求と知性の努力という抽象的世界を、難解な比喩を複雑に呼応させながら華麗に描ききった『第一の夢』は、性を超えて「まったき人」として生きようとしたソル・フアナの極めて個人的なテクストであるとともに、まさにそれゆえにこそ、個性的で普遍的な作品となっている。

作家として絶頂を極めたソル・フアナだったが、その晩年の言動は今なお謎に包まれている。きっかけは、当時説教師として名高かったポルトガルのイエズス会士アントニオ・デ・ヴィエイラ神父Antonio de Vieyraの説教に対して反論を試みたことにさかのぼる。聖体劇『秘蹟の殉教者、聖ヘルメネギルド』のロアで「キリストが人類にほどこした最大の恩寵」という神学的な論題について論じていたソル・フアナは、ヴィエイラ神父の数多くの説教の中からこの論題を扱ったものを取り上げて異議を唱え、神父が反論したアウグスティヌスやトマス・アクィナスらの意見を明晰を極めた論理で擁護した上で独自の見解を示したのである。「ある説教についての考察」*Crisis de un sermón*としてまとめられた論考は、一六九〇年、プエブラ市の司教マヌエル・フェルナンデス・デ・サンタ・クルスManuel Fernández de Santa Cruzによって「アテナ的書簡」*Carta Atenagórica*と題され、ソル・フアナの了解なしに出版される。彼女のこれまでの世俗的に過ぎる活動に複雑な思いを抱いていた司教は、ソル・フィロテア・デ・ラ・クルスsor Filotea de la Cruzという架空の修道女の名で書簡をしたため、文学や哲学ではなく唯一真正の学問である神学にのみ勤しむよう、彼女をたしなめたのである。

翌年、ソル・フアナは「聡明この上なきソル・フィロテア・デ・ラ・クルスへの女性詩人からの返信」*Respuesta de la poetisa a la muy ilustre sor Filotea de la Cruz* と題する書簡を準備し、プエブラ市司教による指導に対して反論する。自らを「無知な女性」と呼びながらも「書学の女王」である神学を修めるためには他ならぬ諸学に通じる必要があるといい、文学を筆頭に数学・天文学・法学・生理学・音楽・建築学・歴史学など多岐にわたる自身の知的欲求を正当化し、博引旁証して女性にも学習と表現の自由が保障されるべきだと論証したのである。

ところが一六九三年、それまで不屈の姿勢を貫いてきた彼女は突如、かつて一方的に交際を断った上司のヌニェス神父に和解を求め、一切の文筆活動から身を引いてしまう。転向ともみなしうるこの行動については、宗教的傾向を強めたためとも、「アテナ的書簡」の出版を機にメキシコ市大司教とプエブラ市司教の間の政治的な抗争に巻き込まれたためとも推測されているが、今でもソル・フアナ最大の謎となっている。ただ、前年に起こった天変地異とそれに続く暴動、多くの友人との別離など、彼女を取り巻く環境に変化があったことだけは確かである。

断筆からわずか二年後の一六九五年、もうこれ以上書かないという決意が、もうそれ以上生きまいという決意であったかのように、ソル・フアナは疫病に倒れた同僚を看病しているうちに自らも感染したとされ、同年四月十七日、不帰の人となる。

メキシコのノーベル賞詩人オクタビオ・パスはソル・フアナを論じて「一時代のスタイルを集成した」と評しているが、ゴンゴラやカルデロンをはじめとするスペイン黄金世紀文学の伝統を受け継ぎつつ、独自の文学世界を創出した彼女は、スペイン語文学に特別な位置を占める詩人といえる。

略年譜

＊は関連する収録作

一六五一年　十一月十二日、フアナ・ラミレス・デ・アスアヘ、メキシコ市近郊のサン・ミゲル・ネパントラで誕生（一六四八年十二月二日とする説もある）。　＊六一（九五）

一六五九年頃　聖体の祝日のためのロアを書いたとされる。

一六六〇年頃　メキシコ市の親戚マタ家に預けられる。この頃、マルティン・デ・オリバス学士にラテン語を教わる。　＊五一（二〇〇）

一六六四年　マンセラ侯アントニオ・デ・トレド・イ・サラサルが第二十五代副王として赴任（在位一六六四〜一六七三）。副王妃レオノル・カレトLeonor Carretoの侍女として宮廷に入る。

一六六五年　フェリペ四世没。翌年、現存する最古の作品となる弔詞を書く。　＊五二（一八五）

一六六七年　八月、ヌニェス・デ・ミランダ神父の勧めで跣足カルメル会サン・ホセ修道院に入るも、十一月、体調不良を理由に退所する。

一六六九年　二月、聖ヒエロニムス会サンタ・パウラ修道院に入る。以後、ソル・フアナ・イネス・デ・ラ・クルスとして終生を修道院で過ごす。　＊七三（一四九）

一六七三年　第二十六代副王としてベラグア公ペドロ・ヌニョ・コロン・デ・ポルトゥガルPedro Nuño Colón de Portugal, duque de Veraguaが着任。翌月死去したため、大司教パヨ・エンリケス・デ・リベラPayo Enríquez de Riveraが第二十七代に任命される（在位一六七三〜一六八〇）。ソル・フアナ、公爵への弔詞を書く。　＊三三（一九〇）

一六七四年　マンセラ侯妃レオノル・カレト、帰国の途上で死去。ソル・フアナ、弔詞を書く。　＊三二（一八七）

一六七六年　『聖母被昇天の聖歌』*villancicos a la Asunción*、『無原罪懐胎の聖歌』*villancicos a la Concepción*、メキシコ市で出版。

一六七七年　『使徒聖ペテロの聖歌』*villancicos a San Pedro Apóstol*『聖ペトロ・ノラスコの聖歌』*villancicos a San Pedro Nolasco*、メキシコ市で出版。

一六七九年　『聖母被昇天の聖歌(二)』、メキシコ市で出版。

一六八〇年　第二十八代副王としてラ・ラグナ侯トマス・

アントニオ・デ・ラ・セルダが着任（在位一六八〇～一六八六）。歓迎のための凱旋門の意匠を任される。凱旋門を解説した冊子が『ネプトゥヌスの寓意』として出版される。　＊五四

この頃から、ラ・ラグナ侯妃パレデス伯マリア・ルイサとの親密な交際が始まる。　＊二八（九〇）・二九（一〇三）・三〇（一九）・三一（八九）・三四（一七）・三九（六一）・四〇（六四）など。

キルヒ彗星が観測される。　＊五三（二〇五）

一六八二年　文芸活動を非難する告解師ヌニェス・デ・ミランダに「霊的弁明」*Autodefensa espiritual*と通称される手紙を送り、訣別する。　＊三八（三三）・六六（五六）・六七（五七）・七〇（二四六）など。

副王の誕生日を祝う。　＊三五（一五）

一六八三年　コメディア『思惑の家』初演。『使徒聖ペテロの聖歌㈡』、メキシコ市で出版。副王夫妻の子ホセ、誕生。　＊三六（二四）

一六八四年　副王夫妻の子ホセの誕生日を祝うとともに恩赦を請願する。　＊三七（二五）

一六八五年　『聖母被昇天の聖歌㈢』、メキシコ市で出版。

一六八六年　第二十九代副王としてモンクロバ伯メルチョル・ポルトカレロ・ラソ・デ・ラ・ベガMelchor Portocarrero Lasso de la Vega, conde de Monclovaが着任する（在位一六八六～一六八八）。

一六八八年　母イサベル死去。第三十代副王としてガルベ伯ガスパル・デ・ラ・セルダ・イ・メンドサGaspar de la Cerda y Mendoza, conde de Galveが着任（在位一六八八～一六九六）。ラ・ラグナ侯爵夫妻、帰国。　＊三九（六一）

一六八九年　『無原罪懐胎の聖歌㈡』、『降誕祭の聖歌』*villancicos de la Navidad*、プエブラで出版。副王ガルベ伯の誕生日を祝してコメディア『愛はさらなる迷宮』を執筆・上演。『カスタリアの泉』（作品集第一巻）、パレデス伯マリア・ルイサの尽力によりマドリードで出版。　＊二（一九五）

一六九〇年　プエブラ司教マヌエル・フェルナンデス・デ・サンタ・クルス、『アテナ的書簡』を出版。聖体劇『神聖なるナルシソ』、『聖母被昇天の聖歌㈣』、メキシコ市で出版。『聖ヨセフの聖歌』*villancicos a San José*、プエブラで出版。『作品集』*Poemas*（『カスタリアの氾濫』の増補版）、マドリードで出版。　＊一（一）

一六九一年　「ソル・フィロテア・デ・ラ・クルスへの返信」を送付。『作品集』第二版、バルセロナで出版。『聖カタリナの聖歌』*villancicos de Santa Catarina*、プエブラで出版。この頃、リスボンの文学サークルのために『なぞなぞ集』*Enigmas*を書く。

一六九二年　『作品集』第三版、サラゴサで出版。『作品集第二巻』、セビリャで出版。主な収録作は、長編詩「第一の夢」、聖体劇「神聖なるナルキッソス」「ヨセフの杖」「秘蹟の殉教者、聖ヘルメネギルド」、コメディア「思惑の家」「愛はさらなる迷宮」、神学論考「ある説教に対する考察（アテナ的書簡）」など。同第二版、バルセロナで出版。

一六九三年　『作品集第二巻』第三版、バルセロナで出版。蔵書や実験器具などを売却し、売上金を寄付。ヌニェス・デ・ミランダ神父にゆるしを請い、その指導下にもどる。

一六九四年　二月、修道誓願に血で署名する。三月、文芸活動を放棄して信仰に専念することを誓い、血で署名する。

一六九五年　二月十七日、ヌニェス・デ・ミランダ神父死去。四月十七日、ソル・フアナ死去。シグエンサ・イ・ゴンゴラが葬儀で弔辞を述べる。

一七〇〇年　『名声と遺作』*Fama y obras póstumas*（作品集第三巻）、マドリードで出版。「ソル・フィロテア・デ・ラ・クルスへの返信」や追悼文集を収録する。　＊八一（五一）

一七〇一年　『名声と遺作』第二版、バルセロナで出版。第三版、リスボンで出版。

一七〇九年　『作品集』第四版、バレンシアで出版。

一七一三年　フアン・デ・ミランダJuan de Mirandaによる肖像画。

一七一四年　『名声と遺作』第四版、マドリードで出版。『作品集』第五版、マドリードで出版。

一七一五年　『作品集第二巻』第四版、マドリードで出版。

一七二五年　『作品集』第六版、マドリードで出版。『作品集第二巻』第五版、マドリードで出版。『名声と遺作』第五版、マドリードで出版。

一七四〇年　『なぞなぞ集』、セビリャで出版。

一七五〇年頃　ミゲル・カブレラMiguel Cabreraによる肖像画。

翻訳について

翻訳にはカテドラ社のイスパニア文学叢書の中の一冊、ゴンサレス・ボイショによる校訂版を定本とした。これは、ソル・フアナの選集の多くが訳詩集も含めて恋愛詩や「ソル・フィロテアへの返信」を中心に編まれているのに対し、このカテドラ版が主要な叙情詩を偏りなく収録し、詩人としてのソル・フアナの輪郭をバランスよく提示しているとの判断による。ただし常に複数の校訂版を参照し、異同のある箇所についてはより妥当だと判断されるものを採用した。なお原文のほとんどは押韻定型詩であるが、訳文に押韻や音節数を反映することは諦め、七五調や擬古的な表現も極力排して、現代日本語としての読みやすさを優先した。また一読して明らかなように、当時のスペイン語詩の大きな特徴のひとつとしてギリシア・ローマ神話に依拠した比喩が挙げられるが、直訳して注を付す代わりに、例えば〈太陽神アポロン〉のように説明的に意訳した箇所も少なくないことをお断りしたい。

Sor Juana Inés de la Cruz. *Poesía lírica*, ed. de José Carlos González Boixo, Madrid, Cátedra (Letras Hispánicas; 351), 1992.

この他、数多くの校訂版や翻訳を参照したが、主なものを刊行年順に記しておく。

Sor Juana Inés de la Cruz. *Obras completas de Sor Juana Inés de la Cruz: I Lírica personal*, edición, introducción y notas de Alfonso Méndez Plancarte, México, Fondo de Cultura Económica (Colección Biblioteca Americana; 18), 1951.

——. *Obras completas de Sor Juana Inés de la Cruz: IV Comedias, sainetes y prosa*, edición, introducción y notas de Alberto G. Salceda, México, Fondo de Cultura Económica (Colección Biblioteca Americana; 32), 1957.

——. *Inundación castálida*, edición, introducción y notas de Georgina Sabat de Rivers, Madrid, Castalia (Clásicos Castalia; 117), 1982.

——. *Le divin Narcisse, précédé de Premier songe et autres textes*, traduit de l'espagnol par Frédéric Magne, Florence Delay et Jacques Roubaud, préface d'Octavio Paz, Paris, Gallimard, 1987.

——. *A Sor Juana Anthology*, translated by Alan S. Trueblood, foreword by Octavio Paz, Cambridge, Mass.: Harvard University Press, 1990.

——. *The Answer / La Respuesta: Including a Selection of Poems*, critical edition and translation by Electa Arenal and Amanda Powell, New York: The Feminist Press, 1994.

——. *Poems, Protest, and a Dream*, translated with notes by Margaret Sayers Peden, introduction by Ilan Stavans, London: Penguin Books (Penguin Classics), 1997.

——. *Poesía, teatro, pensamiento*, introducción, edición y notas de Georgina Sabat de Rivers y Elías Rivers, Madrid, Espasa Calpe (Biblioteca de Literatura Universal; 14), 2004.

——. *Primero sueño y otros escritos, prólogo*, bibliografía y notas de Elena del Río Parra, México, Fondo de Cultura Económica, 2006.

——. *Obras completas de Sor Juana Inés de la Cruz: I Lírica personal*, 2a. ed., edición, prólogo y notas de Antonio Alatrre, México: Fondo de Cultura Económica (Colección Biblioteca Americana; 18), 2009.

——. *Neptuno alegórico*, edición de Vincent Martin, introducción de Electa Arenal, Madrid, Cátedra (Letras Hispánicas; 639), 2009.

——. *Sor Juana Inés de la Cruz: Selected Works*, translated by Edith Grossman, introduction by Julia Alvarez, New York: W. W. Norton & Company, 2014.

また、ソル・フアナに関する日本語文献としては次のものがある。

・「神聖なるナルシソ」『スペイン黄金世紀演劇集』牛島信明編訳、名古屋大学出版会、二〇〇三年
・『知への賛歌：修道女フアナの手紙』旦敬介訳、光文社（光文社古典新訳文庫）、二〇〇七年
・オクタビオ・パス『ソル・フアナ＝イネス・デ・ラ・クルスの生涯：信仰の罠』林美智代訳、土曜美術社出版販売、二〇〇六年
・中井博康「ソル・フワナ・イネス・デ・ラ・クルス」『詩女神の娘たち：女性詩人、十七の肖像』沓掛良彦編、未知谷、二〇〇〇年
・林美智代「ソル・フアナ：「私」を貫いたバロック詩人」『ラテンアメリカの女性群像：その生の軌跡』加藤隆浩・高橋博幸編、行路社、二〇〇四年

謝辞

最後に、当コレクション〈ロス・クラシコス〉の企画立案から補助金獲得まで文字通り奔走し、私に翻訳の機会を与えてくれた畏友・寺尾隆吉氏（フェリス女学院大学教授）と、出版助成を認めてくださったスペイン文化省に厚くお礼を申し上げる。また訳稿を丁寧に読んでくださった現代企画室の太田昌国氏、編集の小倉裕介氏と江口奈緒氏には、深甚の謝意を表するとともに、翻訳・校正作業の遅れをただひたすらお詫びしたい。恩師の先生方、友人、そして家族には、有形無形の力添えに心から感謝している。

二〇一八年春

訳者識

【著者紹介】

ソル・フアナ・イネス・デ・ラ・クルス　Sor Juana Inés de la Cruz（1651－1695）

スペイン植民地時代のラテンアメリカ文学を代表する詩人。ヌエバ・エスパニャ副王領（現メキシコ）の首都近郊の農園に3人の婚外子の末子として生まれる。天賦の詩才と該博な知識をもって知られ、才色兼備の侍女として副王妃に仕えた後、知的で主体的な生き方を守るために修道女となる。女性作家に対する社会の嫉妬や偏見、高位聖職者との軋轢に苦しむ一方で、当時3巻にまとめられた作品集は、新古典主義を迎えるまでの約40年間ベストセラーを誇った。主な作品に、恋愛詩や風刺詩、女性の知的自由を論じた自伝的書簡「ソル・フィロテアへの返信」のほか、人知の可能性と限界をうたった長編抒情詩『第一の夢』、キリストの愛を寓意的に描いた聖体劇『神聖なるナルキッソス』、風俗喜劇『思惑の家』、副王を歓待するための凱旋門『ネプトゥヌスの寓意』などがある。

【訳者紹介】

中井博康（なかい・ひろやす）

1970年愛知県豊川市生まれ。
東京外国語大学大学院地域文化研究科博士後期課程単位取得満期退学。
現在、津田塾大学学芸学部国際関係学科准教授。
16世紀から17世紀のスペイン語文学、特にソル・フアナ・イネス・デ・ラ・クルスを中心とした植民地時代のラテンアメリカ文学を研究対象とする。主な業績に、沓掛良彦他編『詩女神の娘たち ── 女性詩人、十七の肖像』（未知谷、2000年）、「カルロス・デ・シグエンサ・イ・ゴンゴラ『アロンソ・ラミレスの非運』におけるクリオーリョ意識」（『津田塾大学紀要』No. 38、2006年）、「*Flores de baria poesía*(1577年)所収のFrancisco de Terrazasのソネット」（『津田塾大学紀要』No. 47、2015年）、牛島信明他共訳『スペイン黄金世紀演劇集』（名古屋大学出版会、2003年）などがある。

ロス・クラシコス 10

抒情詩集

発　行　2018年3月31日初版第1刷　1000部
定　価　3200円＋税
著　者　ソル・フアナ・イネス・デ・ラ・クルス
訳　者　中井博康
装　丁　本永惠子デザイン室
発行者　北川フラム
発行所　現代企画室
東京都渋谷区桜丘町 15-8-204
Tel. 03-3461-5082　Fax 03-3461-5083
e-mail: gendai@jca.apc.org
http://www.jca.apc.org/gendai/
印刷所　中央精版印刷株式会社

ISBN978-4-7738-1802-4 C0098 Y3200E

ロス・クラシコス

スペイン語圏各地で読み継がれてきた古典的名作を集成する。企画・監修＝寺尾隆吉

①別荘
ホセ・ドノソ著／寺尾隆吉訳　三六〇〇円

②ドニャ・ペルフェクタ　完璧な婦人
ベニート・ペレス＝ガルドス著／大楠栄三訳　三〇〇〇円

③怒りの玩具
ロベルト・アルルト著／寺尾隆吉訳　二八〇〇円

④セサル・バジェホ全詩集
セサル・バジェホ著／松本健二訳　三二〇〇円

⑤ドン・アルバロ　あるいは　運命の力
リバス公爵著／稲本健二訳　二五〇〇円

⑥ウリョーアの館
エミリア・パルド＝バサン著／大楠栄三訳　三〇〇〇円

⑦モロッコ人の手紙／鬱夜
ホセ・デ・カダルソ著／富田広樹訳　三二〇〇円

⑧吟遊詩人
アントニオ・ガルシア＝グティエレス著／稲本健二訳　二四〇〇円

⑨ドニャ・バルバラ
ロムロ・ガジェゴス著／寺尾隆吉訳　三二〇〇円

⑩抒情詩集
ソル・フアナ・イネス・デ・ラ・クルス著／中井博康訳　三二〇〇円

税抜表示　以下続刊（二〇一八年三月現在）